苍凉的美丽

—— 一个记者的散文世界

李承祖 著

云南出版集团　云南人民出版社

图书在版编目（CIP）数据

苍凉的美丽：一个记者的散文世界 / 李承祖著. --
昆明：云南人民出版社，2021.8
ISBN 978-7-222-20348-8

Ⅰ. ①苍… Ⅱ. ①李… Ⅲ. ①散文集-中国-当代
Ⅳ. ①I267

中国版本图书馆CIP数据核字 (2021) 第158196号

责任编辑：苏映华
助理编辑：李明珠
装帧设计：云南非鸟文化传播有限公司
责任校对：姚实名
责任印制：窦雪松

CANGLIANG DE MEILI
　　——YIGE JIZHE DE SANWEN SHIJIE

苍凉的美丽
　　—— 一个记者的散文世界

李承祖 /著

出　版　云南出版集团　云南人民出版社
发　行　云南人民出版社
社　址　昆明市环城西路609号
邮　编　650034
网　址　www.ynpph.com.cn
E-mail　ynrms@sina.com
开　本　889mm×1194mm　1/32
印　张　7.875
字　数　180 千
版　次　2021年8月第1版第1次印刷
印　刷　云南出版印刷集团有限责任公司国方分公司
书　号　ISBN 978-7-222-20348-8
定　价　39.00元

如需购买图书、反馈意见，请与我社联系
总编室：0871-64109126　发行部：0871-64108507　审校部：0871-64164626　印制部：0871-64191534

云南人民出版社微信公众号

序

李承祖先生的散文集《苍凉的美丽——一个记者的散文世界》付梓前，要我为他写一篇序，我不能拒绝，因为我和他不仅是朋友，而且志趣相投：都有一颗挚爱文学的心。

其实我们的职业经历并不相似，承祖记者出身，我是做企业的，我们走到一起，完全因了一个偶然机会的成全。

五年前，大益集团筹划一项大型公益活动，准备通过举办中国－东盟企业家论坛，为社会搭建一个招商引资平台，助推区域经济快速健康发展。当时，论坛机构已经成立，却缺乏一个得力的课题策划人，于是有人向我举荐退休的新华社高级记者李承祖。一番畅谈交流后，承祖以中国－东盟企业家论坛首席策划的身份，开始了与我和大益集团的合作。

论坛筹备工作顺利推进，不久，由我和李承祖共同倡议，并由承祖执笔撰写的关于以民间形式举办中国－东盟企业家论坛的建议，报送政府后获得了云南省省长批示。论坛计划随之被官方批准，促成大益集团联合中国东盟商务理事会、正和岛企业家俱乐部、香港大公文汇传媒集团等机构，分别在西双版纳、昆明举办了两届中国－东盟企业家论坛。

　　我对承祖策划的两届论坛主题记忆犹新，一届是"一带一路，亚洲机遇——首届中国－东盟企业家论坛"，另一届是"创新驱动，携手同行——迎接亚洲新经济时代"。为了长期办好论坛，大益集团还支持李承祖牵头，搭建了一个高端智库平台——大益智库，由他出任首任院长，储备了海内外近百名知名专家学者作为智力支撑。尽管计划中的其他论坛被新冠疫情阻断，但我们两人之间的交流一直没有中断。

　　承祖是一个跨界高手，我对他文学功底的了解，始于他送我的一本个人诗歌摄影专集《靓图美文》。这本书由四川美术出版社推出，著名作家丹增作序，收录了承祖拍摄并创作的百图百诗。其诗歌意境充满了世间风物与人文的大爱、大美、大善，被丹增先生称为"像攀谈一般亲切平实，像呼吸一样顺畅自然"，读来令人如沐春风、安恬怡然。我还读过承祖发表在《大益文学》上充满历史沧桑感的散文《黄公东街》，那是业已消逝的老昆明的一首挽歌，穿透了悲悯的历史人文情怀。承祖洋洋洒洒笔力下的不同题材散文，还见诸《十月》《大家》《边疆文学》《滇池》等文学杂志。不难看出，承祖一直对文学钟爱有加，无论职业生涯多么忙碌，他都不忘跨界到文学沃土上辛勤耕耘一番，而散文作品，就是他从眷恋文学的"自留地"上收获的果实。

　　翻开墨香犹存的李承祖散文新著《苍凉的美丽——一个记者的散文世界》样稿，一股跨越时空、阅尽沧桑费思量的清新文风扑面而来。作者以丰富的人生阅历、独特的审美感受、厚重的历史沉淀、智慧的思索畅想，引领读者遨游祖国名山大川、城乡边陲、湖泊海岛、雪域荒原，在纵横时空的回望中品阅世间风物，叙说人物故事，审视风云变幻，考量人文情怀，把意犹未尽的想象空间残留在字里行间，让读者掩卷沉思，回味浮想。

文如其人。李承祖当新华社记者，走南闯北见多识广；又当过政府参事，才高识远睿智多谋。这些特质体现在他的散文作品中，深深地烙下了叙事、抒怀、思辨交织的文化内涵痕迹，形成了自然、简练、朴实、清新的独特文风，与他"像呼吸一样顺畅自然"的诗歌同根同源，拥抱了文学海洋中的同一种风格。这一风格汩汩流淌着真善美的甘泉，释放着一个豁达智者无处不在的社会责任感。

我与承祖交流的时候，曾听他不无欣慰地坦陈：写作是一种生活方式，他从写作中享受着别样的快乐。我以为，这是一种纯粹的快乐，高尚的快乐，远离物欲的快乐。面对这种快乐，我无法不分享，也没有理由不支持。有鉴于此，以作序的方式为承祖的《苍凉的美丽——一个记者的散文世界》一书再增添一分快乐，何乐不为。

吴远之

大益文学院联合创办人、《大益文学》出品人

人在天涯（自序）

遥望南海碧波，近观椰林沙湾，一台笔记本电脑，伴我寄宿天涯。

三亚鹿回头的高层海景房视线极佳，北纬十八度的阳光，慵懒地洒在观景阳台上，使暖冬的写作生活充盈着温情与愉悦。

红日喷薄时开篇，晚霞披纱时收稿，海浪随风诉说，拍打着心胸的堤岸。

键盘声声，敲开人生之门。讨生活，历苦难，阅世界，闯江湖，一壶普洱香茶，品味时空转换。

散文世界流淌起音乐。划过经年的竖琴，听风雨奏鸣，日月交响，足音回旋。

明快，舒缓，停顿，激越……亦步亦趋，流连忘返，我与梦中的他、她和他们牵手，信步前行，在天涯海角轻舞飞扬。

五十多天的键盘侠，孤独，纯粹，自由；十万字的果实，收获了久违的精神富足感。

妻子说，写稿很辛苦；我说，这是极尽奢侈的畅游独享。

思维自由飞翔，穿过白昼黑夜，春秋冬夏，高山大海，草甸河川。心灵的蒲公英，撒遍无边的原野；奔跑的文旅视界，绽放开七色花瓣。

从东海之滨到青藏高原、西北荒漠，从山东半岛到西南边陲、湄公河畔。我流连，发现，沉思。

从消逝的老昆明到大理、丽江，从少年、青年到黄昏暮年。悠悠岁月，往事如烟，我尽情拥抱逝去的快乐和忧伤。

穿行于散文世界，曾经的悲悯模糊了双眼，苏醒的生命力，融化了弥漫在心原上的冰霜。

半辈子以稿谋生，我浪迹天涯，退隐江湖的自由写作，又身在天涯。这是巧合，还是挚爱？

截稿之余，重温旧文新作，我的散文世界似乎弥漫着几分苍凉，苍凉中又潜藏着对美丽山河、真善品格的赞美与期盼。《苍凉的美丽——一个记者的散文世界》由此定格，权作我的散文集命题。

独自在三亚小东海凭栏，嗅花丛幽兰芬芳，听椰风卷雪拍岸，我奢望：但愿命题下的某些作品，能为读者留下些许余香。

合上笔记本电脑，回望我们这辈人的欢乐和苦难，何尝不萦绕着几分苍凉，又何尝没有美丽的过往？

作　者

二〇二一年元旦于三亚

目录

苍凉的美丽

月亮湾

窗外是一片晶莹剔透的湖，银白泛蓝，水天一色奔向远方，神奇、温馨得让人看一眼就发呆，以至浮想联翩起来欲罢不能。

太阳当顶，波光粼粼的湖面晃动着耀眼的碎片，像忽闪忽闪的多棱镜，又像一块巨大的蓝宝石，如梦如幻变换着光影，从眼皮底下呼啦啦铺展到肉眼所及之处，直到水雾与云雾拥抱在一起，最终在远山的呵护下柔软地融为了一体。

抚仙湖真的很像海，或者说像大海迂回到陆地的一处海湾。其实它位于远离大海的云贵高原腹地，湖面海拔有一千七百多米高。所以我总是想，与海拔为零的大海相比，抚仙湖分明是生长在高山上的海的女儿，她虽然没有母亲宽广的视野，博大的胸怀，饱经风霜的身躯，但她拥有母亲的颜值和性格：曲线婀娜的岸线，连绵起伏的波浪，光彩靓丽的容颜。母亲经历过狂风巨浪的洗礼，女儿还藏在深闺人不识；母亲的心事深藏不露，女儿的玻璃心却清澈透明，一眼就能够看透。

度假酒店的窗户离湖岸近在咫尺，我所住的十五楼视线极佳，躺在床上就可以欣赏湖景全貌，立于窗前，抚仙湖北岸风光一览无余。于是，每天从早到晚，本来专程前来写作的我总是牵制不了注意力，频频把眼光从便携电脑的屏幕上移到窗外，贪恋于水岸环绕的月亮湾美景，以及远处游客一惊一乍的骚动，始终不能自抑，内心深处信誓旦旦的写作计划反而变成了此行的点缀和附带。

　　爱美的本性有时真不讲道理，说好的矜持转瞬就屈从了躁动，眼睛更是变得肆无忌惮地任性，只贪恋于光影和迷人的色彩，于是计划一再溃败，大脑早已无法左右变化的一切。

　　怪只怪眼皮底下的月亮湾实在太迷人了，导致我完全失去了抵抗力，不知不觉便穿行到了梦境中。银光闪烁，湖边银白色的沙滩逶迤着曲线，俯瞰起来宛若一个初生婴儿，在啼哭后刚刚睡去；又像一位裸体少女，弯曲着身子侧卧在湖边，做着不为人知的神秘之梦。风声响起来，我听见少女在喃喃絮语，是纯真无邪的畅想，还是羞羞答答的情话？水面荡起了微波，抚仙湖顷刻又变成了一个巨大的摇篮，摇啊摇，摇啊摇，摇篮在天地间轻轻晃动，水波哼起一支催眠曲，连舒伯特也穿越时空，降临到了抚仙湖，乐声中，婴儿悄悄进入了彩云的梦乡。

　　幻觉消失，阳光下的沙滩又开始晃眼了。沙滩边缘是一片湿地，弥漫着一湾又一湾绿洲，绿洲被苍翠的小树林分割环绕，切割成了一团团别致的翡翠，一抹抹夏日的清凉。或密或疏的树荫下，两条曲折的小路若隐若现，宛若少女打了结的发带，在树荫云影下迎风飘飘，它串起的不是瀑布似的黑发，而是一座座小桥、水榭和亭阁。银白、翠绿、淡蓝，曲线、直线、色块……这些或明或暗的景物与远方蔚蓝色的湖水辉映着，最终都依偎在高原低垂的白云下，撩拨得人心旌荡漾。看不清绿洲的细节，窗前的我一直在想：那里会不会有凡·高的向日葵？或是莫奈的睡莲花？

　　其实抚仙湖的月亮湾是一个人工兴建的湿地公园，名气并不大，当然也没有什么故事传说，即便是养育了月亮湾的抚仙湖，比起位于它西北面的滇池来说，为人所知的东西也不多。于是我又寻思，缺乏故事的月亮湾，是否愧对了如此美丽的风景？

我不禁想起了抚仙湖的姊妹湖滇池。

滇池没有月亮湾，但滇池的典故传说让人心驰神往，或记载于史书文献，或流传于邻里坊间，或讲述于父辈亲友，它们与滇池"高原明珠"的别称相映成趣，早已深入人心。于是，闻者慕名而至，潮水般涌向昆明南郊，逛滇池大坝，游海埂公园，登西山龙门，访古滇遗迹……即使触摸不到她的历史脉搏，读不懂她的神秘掌故，甚至不了解她的自然变迁，也非要走近她、凝望她、观赏她，一睹她饱经沧桑的容颜，感受"五百里滇池奔来眼底"的视觉冲击和精神震撼。

知名度是靠人传播的，滇池的灵魂是人，她缓缓流动的湖水仿佛先民流淌的血液，遗传着旷古久远的、刻骨铭心的历史文化基因。了解云南史的人都知道，古滇国的原始部落民族，族名就叫"滇"。早在春秋战国时期，滇人就在滇池周边创造了灿烂的青铜文化，后人梳理历史、考古印证才发现，这里是先有滇人，后有滇池之名，因人而知水，人靠水生息，世代滇人沿袭、创造的中华边地文明才薪火相传至今。随着战乱风云、朝代更迭和一次次民族迁徙，滇池的部落文化早已荡然无存，农耕文明也已面目全非，但滇人的血液从来没有断流，他们强大的基因引导后人把"滇"字演化成了云南省的简称，放大并固化了滇文化的传承。试想，一个几千万人口的大省以先民的称谓冠名，省会又依滇水而建，滇池哪有不如雷贯耳之理。长此以往，滇池周围村舍遍野，人丁兴旺，鱼米飘香，庙宇名胜次第出现，骚人墨客纷至沓来，掌故、传说、楹联、诗画之类的人文风情才记载实存、口口相传开来。这就是孙髯翁激情挥毫，洋洋洒洒撰写"天下第一长联"——大观楼长联的原动力吧？

　　然而不知何故，滇池数百平方公里的浩瀚水域和变幻无穷的湖岸，竟缺少一个人尽皆知的月亮湾，尽管地处高原的滇池月夜美得令人心醉，岸边也有不少形似月牙的陆地弧线，湖畔的大观楼还有一个"三潭映月"的景点……难道这是滇池的美中不足？不，滇池有自己的生命和个性，她不想与别人雷同，她绝对不属于小家碧玉，只有从骨子里热爱她的人，或是把酒凌虚者，才懂得她的气度与魅力，丰饶与内敛，豁达与壮美。没错，滇池本身就形似一个巨大的弯月亮。从空中眺望，滇中盆地群山巍峨，田园苍翠，辽阔的绿色大地间，镶嵌着银白透亮、闪闪发光的滇池，她如同蓝色寰宇中的一弯新月，光辉普照天地，温情泽润人间。

　　与滇池惺惺相惜、密不可分的，是滇池西岸绵延数十里的碧鸡山，昆明人俗称西山。从东方登高远望，西山犹如一位散发的美女，平躺在滇池之滨，蓝天白云下，她仰面朝天的脸，高耸的胸，以及腹、腿的轮廓都清晰可辨，特别是她缓缓垂向水面的一袭长发，飘然而入云水之间，其出神入化的身影在湖畔天边塑造了一位活脱脱的睡美人形象，令人惊叹不已。每每凝望起来，人们总会神思泉涌，忘情于赏心悦目的无尽想象中。

　　坊间流传着一个凄美动人的故事：相传远古时候，南国一位美丽的公主因难耐宫中的严厉管束和单调寂寞，偷偷跑出王宫寻求自由，与一名凡人小伙相互倾心，双双坠入了爱河。国王知道后怒火中烧，不但棒打鸳鸯拆散了这对情侣，还不择手段害死了小伙，想就此斩断公主的情丝，让她回心转意，重返宫中。哪知善良而纯真的公主悲痛欲绝，整日绝食抗争，以泪洗面思念情郎，直至泪水如泉喷涌，汇集成了滔滔的滇池水，公主也随之仰面朝天倒地而卧，化作了一尊巨大的睡美人山。

> 为情郎一去无踪影，
> 美人断肠到如今。
> 相思泪化为滇池水，
> 长发飘飘飘入云……

在无数描写滇池和西山睡美人的文字中，已故剧作家吴祖光如泣如诉的诗句最令人肝肠寸断。诗在流淌，睡美人悲怆的眼泪在流淌，滔滔的滇池水在流淌，那个家喻户晓的、刻骨铭心的故事也在流淌。人间百世无常，每一个人都有自己的人生经历，有对生活的向往，对事业、亲情、友情、爱情的追求，只是境遇不同，体验不同而已。大海、湖泊、月亮以及一切世间诱人的风景，因人的感受和情绪变得奇妙无比。人们从天南地北同享一道风景，把自己的愉悦、悲伤、幸福、痛苦统统寄托在视野所及的场景中，置身于梦境般的传说故事里，碰撞出了物是人非的情感体验。李白"举头望明月"，联想到的是"低头思故乡"，浓浓的思乡情结溢满了伤感；苏轼醉叹"明月几时有"，想象着乘风飞往天宫的烂漫，最终却回归了"人有悲欢离合，月有阴晴圆缺，此事古难全"的哲理认知；余光中从宝岛台湾遥望大陆，备感忧伤的是海峡阻隔了同胞的相聚，无奈于"我在这头，母亲在那头"，"我在这头，新娘在那头"，只得把无限的乡愁寄托在一枚邮票、一张船票或一湾海峡上；普希金被沙皇流放时，在黑暗中与星星月亮为伴，以至当朝霞升起时，还在忘情地吟唱"月亮啊，你为什么要逃走，沉没在那明朗的蓝天里？为什么我和恋人要别离？"白昼历来象征光明和希望，但流放生活却使普希金留念暗夜，徘徊在暗夜，这并非他不喜欢阳光明媚的白昼，不向往充满期冀的光明，而是因为他失去了自由，失去了恋人和青春。在孤独的煎熬中，他只能把凄清的思念寄托于冰冷的月夜，那是何等悲凉的宣泄！

　　月色是洁白无瑕的情感寄托，海上生明月的别样风景把这种寄托渲染到了极致，越是纯真的东西，就越想与亲人分享，这是人之常情。残缺伴随遗憾，错过产生期望，当美好的东西以某种形象画面潜入大脑，被智者转化成审美意念，经过场景再造和大胆想象赋予新的内容，诗歌、传说、故事以及月亮湾之类的人文风景便应运而生了。风景因人而扬名，人因风景而快乐；静止的风景因人变得鲜活，激动的人因风景沉醉或安宁；消失的风景因人而重现脑海，归来的人因触景生情而忧伤流泪……世界，就是如此奇妙。深藏不露的情感，一旦被触及痛点，就变得如此不可思议，这是心灵慰藉发出的战栗，感悟自我陷入的迷失。

　　其实因月亮的美丽而触动心灵、迷失自我的地方，无论如何也不能没有大理，不能没有苍山洱海。

　　"上关风，下关花，苍山雪，洱海月"，大理的风花雪月催生了一个天造地设的心灵栖息地，很容易把一颗冰凉的心融化。人生是一场艰难跋涉，一场负重远行，当身心疲惫的人们在匆匆前行中停下脚步，偶然留意身边久违的风景，眼前的风花雪月就成了一场艳遇。记得青少年时代，辍学多年的我在大理打工，整日半饥半饱，对周围的山水风光并不留意。一个中秋之夜，工友邀约我去洱海边赏月，说刚刚雨过天晴，能见度高，苍山顶上忽现飘雪，月亮当空时定能看到苍山雪沐浴月光的奇景。当时，疲惫不堪的我正趴在床上，翻读一本纸页发黄的《普希金抒情诗集》，好奇心驱使我把书一扔，抓起床头的手电筒，就拖着散了架的身躯，跟随工友踏着夕阳来到了洱海边。没曾想，那个夜晚竟彻底改变了我的视觉审美取向，只因我遇见了人生最美妙的月光。

　　洱海离我们的工地不远，沿着曲曲弯弯的阡陌来到湖边，夜幕刚刚降临。胭脂红般的晚霞渐渐褪尽，渔村闪烁起星星点点的灯火，遥望东方，一轮又圆又大的月亮从东山升起，低垂地悬挂在深邃的暗蓝色夜空，明镜似的洱海洒满了皎洁的月光。此时风已停息，渔舟也已靠岸，四周万籁俱寂，我们的交谈声沿着银光闪闪的湖面奔跑，传得很远很远，仿佛世界的宁静和温馨只为我们所独享。"雪！"工友一声惊叫，把我从发呆的幻想中唤醒，我急忙调转头，顺着他手指的方向望去，可不是吗，只见高耸的苍山雄峰上，白日缠绵在山顶的白云已然散尽，月光斜照着一座座峰峦，把白雪皑皑的山峰轮廓勾勒在天边，反射出道道洁白泛蓝的光辉。脚下，青蛙和蟋蟀在田畴鸣叫；天空，群星璀璨闪烁，月光照耀下的雪峰是那样皎洁明亮，圣洁无瑕，美得令人心疼，令人无法呼吸，就像心被什么东西敲击了一下，全身都颤动起来。我忽然间感受到了世间的美好，人性的神奇，完全忘记了白天打工透支的疲劳，忘记了前途渺茫的忧伤。我居然感受到半饥半饱中也有幸福的体验，也有童年快乐的回归，甚至有了写诗的冲动。时间一分一分地过去，我呆呆地伫立在月光雪影中，直到双脚有了湿漉漉的凉意，才如梦初醒，察觉自己不知何时踩进了水里，平日舍不得穿的一双球鞋早已完全湿透。

月亮升到了半空，洱海湖面的月光更加炫目，更加明亮了，那神秘的光辉好似寰宇洒下的柔和灯光，又像日光透过乳白色的巨大纱幔照射下来，一切显得那么神秘温馨，那么可亲可敬，心，也因此沦入从未有过的宁静甘甜。我们席地而坐，拿出收藏了半个月都舍不得吃的月饼，开始品尝月光美食。这时，远处的渔村隐约飘来一阵断断续续的歌声。先是一个男的唱，安静了片刻后，又传出一段应答的女声。听不清他们在唱什么，但听得出旋律是白族调，想必是白族男女青年在月下对歌。这歌声我曾经在大理"三月街"和蝴蝶泉边听过，当时只觉得有趣，但并没有被歌声打动，而此刻，洱海的月下歌声忽然变得如同天籁之音般委婉动听、羞怯缠绵。歌声从远方的水上缓缓飘过来，一阵强，一阵弱，宛若颤动的树叶发出的清音，又似水波的流动拨动着心弦。我沉醉在月光下，平生第一次意识到，美好的东西其实属于每一个人，苦难也无法阻挡人对美好事物的期盼与追求。说来有些传奇，是苍山雪和洱海月，融化了我冰冷的心。

随手从衣服口袋里掏出一张烟壳纸，我就着月光，歪歪斜斜写下了一首诗：

> 巍巍苍峰雪如绵，
> 皑皑银光不夜天。
> 星河挥霜洒白露，
> 洱海无波映月圆。
> 少年昼劳半腹饱，
> 踏水痴情唤婵娟。
> 忽闻村姑歌一曲，
> 信笔和诗夜不眠。

几十年过去了，我依然忘不了那次洱海月夜写诗的经历，忘不了苍山雪、洱海月对我的情感杀伤力，而这一切，都源于梦境般的月光。记得那天晚上，我特意带了照明的手电筒，但完全没有派上用场。洱海的中秋满月实在太明亮了，亮到似梦非梦的白夜，满世界都蒙上了一层晶莹透亮的白丝绸，以至我们沿田间小路夜归时，还犹如行走在南诏国的神话里。月光下写诗，也成了我此生最值得回味的烂漫。

后来，打工的我碰上了恢复高考，连高中都没读过的我，靠读诗的兴趣和知识沉淀，考取了大学中文系；再后来，当了记者的我走遍中国，游历世界，到访了许许多多的月亮湾。在山东工作多年，我与烟台东郊的月亮湾结下不解之缘，常与家人在那里度过假日时光；到福建沿海采访，我曾在泉州惠安的月亮湾畔小憩；在金沙江踏访水电站移民，又偶遇了云南绥江县库区的月亮湾；渡海旅行，我还分别寻游了海南岛文昌东郊的月亮湾、北部湾涠洲岛的月亮湾和渤海北长山岛的月牙湾；我甚至驱车长途跋涉，专程到新疆的阿勒泰，拍摄过喀纳斯月亮湾的金秋美景；出国旅游时，我还慕名前往美国旧金山湾区，见识了大名鼎鼎的太平洋半月湾……形形色色的月亮湾故事，装满了我的人生回忆，月光下的诗，治愈了我心灵的创伤。

又是一个月光如水的夜晚，我独自一人站在阳台上，默默遥望着穿行于云层的新月，静静地怀想：为什么我对月亮湾会情有独钟？为什么月光要掳走我的心？思绪在奔跑，回忆在跳跃，正当我久久沉思，反复不得其解时，辛弃疾的《青玉案·元夕》词句蓦然闯入脑际："众里寻他千百度。蓦然回首，那人却在，灯火阑珊处。"这时我才顿悟，我苦苦寻觅和追求的，并非月亮湾的景致，也非大海之滨、湖泊堤岸的如水月光，千百次的追寻，我分明是追寻那个在迷惘中苏醒的灵魂，追寻那颗将死的心邂逅的精神自由。

水蜻蜓之梦

　　无论时空如何变换，任凭柔软的昆明城变成一堆堆钢筋水泥，在我的灵魂深处，昆明依然是那座令我魂牵梦萦的水城。

　　一九五六年的夏天是一个潮湿的夏天。我从幼儿园放学的人群中逃离，径直来到流水潺潺的洗马河玩耍。斜躺在河边的草地上，我想了又想，为什么这条长河要挡住我的去路，使我到不了对岸不远处的菜海子？菜海子的蜻蜓比洗马河多得多，要是能捉到一只，我就用外婆的缝衣线拴住蜻蜓，让它在空中飞舞。

　　波光粼粼的远方是洪化桥。从洪化桥顺流而下，可以到达停满了乌篷船的大观河和篆塘河。篆塘河上有许多头戴斗笠的垂钓人，还有光屁股男孩往水里扎猛子。逆流而上是清澈见底的西坝河，沿西坝河岸往城中心走，芳草萋萋的玉带河就蜿蜒缠绕在我的脚下了。玉带河就像她的名字一样神秘，仿佛一部宁静安恬的童话，美术老师总爱带学生到河边写生，画石拱桥，画水巷的木板房，画水岸的杨柳和洋草果树。玉带河上的石拱桥多得数不过来，鸡鸣桥、柿花桥、土桥、马蹄桥……曲曲弯弯的流水在桥下打着漩涡，把落叶卷入水底，然后从下游浮上来，这一直是我猜不透的谜。岸边的石阶上，洗衣妇用搓板揉衣服，用木棒敲打被单，"砰儿——砰儿——砰儿——"水灵灵的奇怪声音在水巷四壁回荡，犹如河水在空中打漩涡。这些大大小小的河流与桥梁大人都带我去过，哗哗的流水，穿梭的小船，还有柳岸绿荫、水草鱼虾，似梦非梦的情景令我痴迷，让我发呆。更吸引我的是，清冽的河水流到哪里，哪里就有纷飞的双翅膀蜻蜓。

昆明的河流带给我无尽的快乐，蜻蜓常伴我进入梦乡。可是忽然有一天，我放弃了抓蜻蜓的念头，因为小井巷的老六在抓蜻蜓时被淹死了。邻居的水牛哥拉我到洗马河看老六，把我吓坏了。那时老六已被人捞上岸，他的全身缠着水草，双手的十指缝里还牢牢地夹着八只蜻蜓。我确信那些蜻蜓是和老六一起被淹死的。水牛说，老六要蜻蜓不要命，他根本不会游泳，抓蜻蜓不会游泳迟早要被淹死。水牛还说，昆明是个水城，过去盘龙江两岸的街道经常被水淹，万一上游的松华坝水库大坝垮了，会游泳的人可以游到房顶上，不会游泳的人只有等死。我害怕被淹死，于是下决心学游泳。在水牛的带领下，我很快在潘家湾附近的河沟里学会了漂浮和憋气，没多久就像青蛙一样能蹬水换气了。水牛见我游得像模像样，于是又对我说，昆明城的河流多得很，有胆量你跟我一条一条去游，免得在水城白活一场。"游就游！"我想都没想就回答。水牛的话把我说得热血沸腾，我没有理由拒绝他。第二天，我学着水牛的样子，敲碎了过年留下的攒钱罐，抓了一把硬币，上街买来一尺红布，翻出外婆的缝衣针，自己动手缝了一条从侧面系带的三角裤，便挺着瘦小的身躯，跟在水牛屁股后面征服昆明的河流去了。

我们先到篆塘河来来回回地横渡训练，然后从玉带河的土桥下水，顺流而下游到柿花桥，再游到鸡鸣桥。之后我们又游金汁河、宝象河、大观河，最后开始征服水流湍急的盘龙江。圆通山城墙外的盘龙江有一处大拐弯，突兀出一片沙滩，是孩子们游泳戏水的天堂，被那些孩子王称为昆明的山东半岛，雨季时水流极快，一秒数米的流速，只有水性好的人才敢下水挑战，从上游顺流而下游到突兀的沙滩一角，如果把握不好，稍有不慎被急流冲过了沙滩，就很有可能在大拐弯处被旋涡吞噬。我是冒死接受挑战渡过这一关的，那时身边有个小伙子的话刺激了我，他说，敢在"山东半岛"下水的人都不怕死，没有人敢欺负。听完那句话，我纵身一跃就跳入了激流中。其实对下水后怎么游，如何才能安全上岸，我根本就没有多想，更没有把握，没有人敢欺负比什么都重要，下水一搏也值得，再说那时候死个人算不了什么，反正活着也吃不饱。我在少年血性的刺激下不顾一切地跳下水，拼尽全力从翻滚、涌动的激流中冒出水面，挥臂向远处的沙滩游去，旋涡搅着我瘦小的身躯，一个劲把我往水下拽，我拼命滑动手臂，控制着身体不被急流卷走，呛了两三口水，终于挣脱旋涡的拉扯，扑到了浅滩即将拐弯的地方。我想，我连死都不怕，今后没有人敢欺负我了。

我简直变成了昆明水城的一名水鬼。我像鱼一样自由自在地在河里畅游，上小学年六级时，已经可以睁着眼睛，从大观街口的篆塘河一口气游到滇池边，这段距离至少有六公里。这时我才知道，原来昆明的所有河流都连着滇池，而且最终都要流到滇池。

熟练地驾驭水性，使我轻而易举学会了抓水蜻蜓。我把一根铁丝弯成带尾巴的圆圈，用缝衣线把圆圈编成网，再把铁丝尾巴插到一根竹竿上，就拥有了一个人人羡慕的蜻蜓捕捉器。我把这家伙高高地举在空中，只要发现水面有交配的蜻蜓，就悄悄游过去，神不知鬼不觉一网罩下去，十拿九稳要抓到两只翅膀晶亮的水蜻蜓。金碧路以东的火车南站旁边有四个大水塘，水塘里水草茂盛，浮萍很多，春天垂柳依依，秋天荷花盛开，是水蜻蜓尽情飞舞、繁衍生息的好去处，我常常到那几个水塘里抓蜻蜓，一只雄蜻蜓可以卖两分钱，为我换来一个米浆粑粑解馋，或是到小人书店租一本连环画反复看上一个下午；一只雌蜻蜓值五分钱，可以买一个抹了芝麻酱的烧饵块，两个烧饵块就可以顶半顿饭，那是饥饿年代难得的美味享受。

一九六九年的冬天是一个饥饿的冬天。我把装了冷饭和咸菜的饭盒绑在一辆破旧单车的后架上，再捆上一副钓鱼竿，约了水牛到滇池钓鱼。"怪了，滇池的天怎么变黄了？"路上，水牛纳闷地说。话音刚落，一阵风沙就迷住了我的左眼。停下单车，水牛为我翻开眼皮，用嘴吹出了粘在眼睛里的沙粒。刚走了几步，水牛的双眼却被一阵更大的风沙迷住了。

黄色的旋风夹杂着暗红色的灰尘从滇池上空席卷而来，仿佛世界末日就要来临，这是昆明人闻所未闻的奇怪现象。昆明是著名的春城，天空洁净如洗，滇池清澈透明，滇池周围更是终年和风拂面，今天到底出了什么事？

眼泪从水牛的眼角流下来，他疼痛难忍，蹲在地上自己翻开眼皮，让我帮助他寻找沙粒。哐当一声，没停稳的单车被风吹倒，砸在水牛的脊背上。他忍不住骂道："妈的，今天倒霉透了！"

好不容易为水牛弄出眼里的沙子，我们重新上路，但还没靠近滇池，就被一排排拉土的大货车挡住了去路。"你们有病呀，来凑什么热闹！"货车司机从驾驶室探出脑袋嚷道。"滇池在围海造田，你们晓不得吗？赶快往回走！"

我们俩一下愣住了。呆呆地站了一会儿，我对水牛说，管他三七二十一，来也来了，我们就去看个究竟吧，要是把滇池填了，今后不但钓不成鱼，连游泳的地方也没了。

水牛同意我的提议。走吧，反正回家也没事，学校都停课了。

拉土的大货车越来越多，滇池附近的路全被压成了烂泥潭。我们索性把单车放倒在一道水沟的坝埂上，踏着烂泥和尘土摸到了滇池边。这下可看清了，好家伙，滇池边人山人海，汽车、拖拉机、推土机、马车、手推车黑压压看不到边，从西山脚下一直延伸到大观楼的出海口，所有人和施工机械都在干着同一件事：把山上运来的石块和泥土倾倒进滇池里。昔日绿荫覆盖的湖岸和晶莹剔透的湖水，一夜之间变成了一片片黄褐色的土石滩。

忽然，我们在一片即将被填埋的围堰里，看见了一群垂死挣扎的鱼，它们有的张着圆圆的小嘴，拼命在污浊的水面上呼吸，有的使劲朝空中跳跃，企图逃离即将灭亡的生存空间，还有的横躺在泥浆水上，或者翻起了白肚皮，显然是耗尽体力后彻底放弃了生的希望。水牛朝我喊了一声："快，抓鱼！"一边脱了衣服想往下跳，一个中年男人却一把拽住了他。

"干什么干什么干什么！"中年男人劈头盖脸呵斥道。"这是我们的鱼！"

话音刚落，一群搬石运土的人似乎忽然反应过来，纷纷丢下手中的锄头、铲子和箩筐，争先恐后跳入泥潭捞鱼，有的甚至连衣服都顾不上脱就扑入水中。泥潭里顿时污水飞溅，将死的鱼儿泼剌泼剌一阵乱跳，行将埋葬的水域里掀起了一阵又一阵欣喜若狂的欢呼和尖叫声。

喧嚣逐渐停息下来，泥潭边堆起了一摊摊草鱼、鲤鱼、鲫鱼、泥鳅、虾和不知名的鱼子鱼孙，有的小鱼甚至只有一粒瓜子那么大，浑身沾满泥浆的人们乱作一团，忙着清点围海造田的战利品。乌云低压在滇池上空，轰隆隆的雷声从西山方向传来，震得人心里发慌。我催促水牛赶快往回走，免得被大雨浇成落汤鸡。水牛却不紧不慢地说："这哪是打雷，是放炮炸山，取土石填埋滇池的。"水牛指了指工地上哗哗作响的红旗和布标："你看那上面写的。"我仔细一看，滇池边的乱土堆之间，这里那里红旗招展，大红布标、锄头铲子和扁担箩筐连绵了几里地，许多布标上都写着同一句话："向滇池要田，向滇池要粮！"还有一面红旗在风中抖动着一串字："喝令三山五岳开道，我来了！"

流向滇池的一条条小河被切断、填死，就像一个人的血管忽然被阻断，病入膏肓，滇池变成了溢满污血的心脏，不堪入目。回家的路上，我们再也找不到水喝，要是平日口渴了，那些清冽的水沟就像我们自家的大水缸，任凭你掬一捧送入口中，痛痛快快地畅饮，甜滋滋如甘泉润喉舒心，此刻却只能眼巴巴看着污水烂泥心焦，咽一下口水缓解干渴的煎熬。从田畴通往大路，我们也不用再绕道过桥，曲折迂回的水岸全被填成了堤坝或支离破碎的滩涂，丑陋而死气沉沉，昔日生机盎然的、有如水彩画的芦苇、水草、野花、蒿子、灌木和小树苗，连同青蛙、蝌蚪、鱼虾、水马以及蜻蜓孵出的卵，统统像污泥一样被埋入了地下。

回到昆明城，蓬头垢面的水牛不知从哪儿找到一张油印的小报，特意跑来展示给我看。这时，我正穿着一条裤衩站在院子里，把满满一盆水从头往下浇，冲洗浑身上下的泥土和灰尘。听见水牛的招呼声，我用手抹去脸上的水，费劲地看了一眼水牛指指戳戳的小报，一行醒目的标题映入眼帘："奋战二百天，围海造田三万亩。"标题下面还有一行大字："十万军民今天向滇池进军！"

当天夜里，我得了重感冒，高烧三十九点八度。

二〇一二年的夏天是一个缺水的夏天。昆明遭遇了百年未遇的大旱，已经连续三年见不到持续的雨天，更听不见大雨光顾前熟悉的雷声，山涧坝塘开裂，旱地庄稼枯死，散发着腥臭味的滇池水面几乎萎缩到了历史最低位。

我在记忆中的河流故道上郁郁独行，试图搜寻一只翩翩飞舞的水蜻蜓，聆听哪怕是来自地下的一丝流水声。然而除了满眼的车水马龙、商家店铺，充耳的鼎沸人声、汽车轰鸣，老昆明的旖旎水景和柳岸春色已再也难觅踪影。洗马河被填埋、改建了多次，现在的河流故道填埋部分取名翠湖南路，俨然成了茶楼酒吧一条街。我连续询问了几名年轻人，是否听说过这一带有条洗马河？闻者或一概摇头，或一脸茫然。洗马河既然消失，洪化桥自然也不复存在，变成了一道缓坡的名字。昔日的水乡泽国断流萎缩，只留得菜海子围成一潭死水。好在水中小岛、堤岸、楼台亭阁修得像模像样，精致有加，菜海子改名翠湖，成了一个孤零零的公园。

穿过一座笨重的立交桥，我寻觅到昔日的洗马河下游，迎面被一座巨大的商城挡住了去路。这一带过去叫小西门，位于昆明古城的护城河外，50年前是一个热闹的菜市，儿时跟大人来买菜，我经常悄悄离开大人，一个人跑到菜市西边的河堤上玩耍。那条河是流向闹市区，还是从闹市区方向流过来，我已记不清了，只知道它要流经瓦仓庄和顺城街，在鸡鸣桥附近与玉带河和西坝河交汇。而现在，这里方圆几公里地带都是寸土寸金的闹市，沃尔玛、肯德基、银行、昆都酒吧街以及数不清的商铺、发廊、烧烤摊、电玩室，还有一片接一片的临时停车场，早已把碧玉般的河流、缠绵细语的流水、生生不息的水生动植物挖掘、填埋，再挖掘、再填埋过无数次。对现在的年轻人来说，这里与生俱来就是嘈杂喧嚣的世界，引领时尚的前沿，而老昆明们熟悉的柳岸水景、渔舟船夫、宁静安恬、朴实清纯只能是他们梦中的童话。

录音机里的叫卖声和摇滚乐声搅得人心烦意乱，绕过商城来到篆塘边，我屏住呼吸试图平静一下纷乱如麻的心绪，但却怎么也无法做到。眼前，篆塘的水网支流被道路和建筑物拦腰斩断，大观河已然成了一条收集地下污水的死河，散发着异味黯然向灰色的远方流淌。那条垂钓者钟爱的篆塘河，现在被厚重的钢筋水泥板覆盖得严严实实，水泥板上是望不到边的商铺，如同大山一样压在古老、柔弱但却曾经温情无限的河流头顶。霸道的商铺不可一世地跳跃着、膨胀着、延伸着，层层叠叠排列到远方的西坝河旧址，与更高更密集的建筑群连成一片，挡住了遥远的灰色天空。西坝河也难逃厄运，早被打入到暗无天日的地下，取而代之的是一条车流滚滚的大路，吵吵闹闹一直通往滇池的心脏。大路的前半段叫西坝路，后半段叫西华路。30年前，西华路以北即大观楼的南岸，是村舍清新、水网密集、芦苇丛生、渔舟唱晚的世外桃源，我和水牛经常到这一带游泳、钓鱼、摸田螺。那时站在水岸遥望远方，大观楼长联中描绘的"四围香稻，万顷晴沙，九夏芙蓉，三春杨柳"美景尽收眼底，令人浮想联翩。而现在，横穿马路的我不得不紧盯路口的红绿灯，胆战心惊地呼吸着废气，一路在汽车夹缝中小跑，左右观望如同惊弓之鸟。倒退三十年，不知有多少个黄昏，我曾经坐在这里的田埂上，目送排成人字的大雁群从彩云悠悠的天空飞过，消失在遥远的群山后面。那时，我满怀希冀梦想的未来世界，是一个炊烟袅袅、稻谷金黄、瓜果飘香的世界，我无论如何也没有想到，30年后的今天，梦幻的美丽水乡竟是一个钢筋水泥统治的世界，为了丰衣足食，人类的破坏力远比创造力迅猛得多。

比起洗马河、篆塘河和西坝河来，从市中心流过的玉带河多少有些幸运，我从昆明古城仅存的古迹之一——东寺塔寻觅到东寺街中段，终于找到了玉带河的一抹身影，在高楼林立的一个缺口处，被腰斩的玉带河可怜地露出了一段消瘦的明渠。我确信，被高楼踩在脚下的这个缺口处，就是早年横跨玉带河的土桥旧址，它的上游应该是马蹄桥，而现在，从死亡的土桥到马蹄桥一线，早被建筑森林挡住了视线。我竭力搜寻脑海深处的记忆图像，试图翻开半个世纪以前芳草萋萋的玉带河上游画面，然而，直插云天的楼宇，刺目的玻璃墙幕，眼花缭乱的广告牌，滚滚的车流，穿梭的牛仔裤、彩装和高跟鞋，无休无止地填充着我的视野，反射到我的脑海，窒息了所有的想象力和思维空间。

我掉转身，沿仅存的玉带河明渠向下游缓缓走去，继续寻找童年的梦幻。狭窄的河堤像一道弯弯绕绕的峡谷，穿行在山一般的高楼之间，儿时河边的垂柳和洋草果树早已砍伐殆尽，青草和苔藓点缀的入河石阶也已不复存在，河道越变越窄，河水少得几乎快要断流，细微的流水声像一个男孩在撒尿，魂牵梦绕的玉带河沦落成了一道石头墙挟持的水沟。所幸古老的柿花桥还没有拆除。这是一座建于明朝年间的石拱桥，造型很像丽江古城的某座石桥，30年前两岸的景致绝对胜过现在的丽江。那时每逢雨季，湍急的盘龙江水分流到玉带河，使玉带河陡然溢满了水，一些水性好的男孩就把柿花桥当成跳台，摆出各种姿势往下跳，俨然像是上演跳水比赛，连大人也在两岸围观看热闹。水牛当然是跳水英雄之一，他可以站在柿花桥的最高处腾空跳跃，迅速用双手摸一下脚尖，再摆出一个飞燕造型，最后一头扎入水中，一直潜游到岸边才冒出水面，如此反复数十遍而不知疲倦，引来惊叹声潮起潮落响成一片。

今天古桥犹存，但河上河下的光景已是面目全非，桥东的河堤被一个小区霸占，行人不能通行，只能绕道河西；桥头岸边干脆盖起一个茶馆，迎面堵住了人们的去路。即便如此，一些建房者仍心有不甘，一幢幢高层建筑见缝插针拔地而起，且得寸进尺建到了临水的河边，仿佛一个个巨人把脚伸进河中，肆无忌惮地涮起了臭脚。孑立于孤零零的柿花桥桥头，看着几近干枯的水渠，我陷入长久的发呆，想起当年打漩涡的流水、游泳的少年、画画的学生、淘米洗衣的妇人，以及岸上的垂柳、磨光的石板路、筒瓦飞檐的四合院、镂花的木板房，还有雨天水巷里流动的斗笠和油纸伞，我不禁忧从中来。最后的老昆明行将消逝，护城河、洗马河、篆塘河、西坝河、永昌河、金汁河大都消逝了，仅存的这段玉带河还能生存多久呢？

我依然惦记着水蜻蜓最集中的四个大水塘，好不容易找到水塘故地，却又陷入了目断魂销的愁绪之中。昔日的水塘位于火车南站一侧，现在车站已经废弃，消失的水塘之上是道路和密集的建筑群，道路取名塘双路，是一条拥挤的机动车和行人混行道路。也有人把这一带叫作塘子巷。无论"塘双"也好，"塘子"也罢，这残存的"塘"字音节，业已成为老昆明考古的最后线索了。

直到今天，当我驾驶着装有卫星导航仪的汽车在滇池度假区行驶，导航仪里还不时显示，汽车竟然行驶在水中。我知道，这是修筑在刚刚被填埋不久的水域之上的道路，导航系统的资料还来不及更新，水域就被填埋，道路就已经开通，房屋就犹如强盗一样站立在消失的水面上了。不只是卫星导航资料，书店的地理图册、街头的导游地图、藏匿于书架上和电脑网页中的无数文字资料，也统统无法跟上可怕的城市扩张速度。是的，扩张完全没有止境，街市边缘的田畴、水域无休无止被填平，古老的街道在不知不觉中拓宽、翻新，刻满岁月痕迹的老建筑一片片消失，偏僻的市郊变成了繁华的商业中心……忙于衣食住行、生存竞争、儿女情长的人们并不留意这些细微变化，似乎一切都在情理之中。当某一天，人们浮躁的心绪终于平静下来，蓦然转过身回望记忆中的城市，才窘迫并痛苦地发现，老昆明的物化记忆形态几近毁灭，除了东寺塔、西寺塔和几座支离破碎的庙宇及老宅院外，1982年被国务院列为首批历史文化名城保护的昆明古城，已很少有昆明人引以为自豪的古迹存在。建筑的命运况且如此，河流、水域更何以堪。

在历史的长河面前，剪不断的昆明记忆毕竟是短暂的，留给老人回想的时间已经不多，今天的年轻人和他们的子孙再也无法想见，钢筋水泥堆砌而成的昆明城，原来曾经是一座柔软的水城，是一座水网密集和充满灵性的古城，一座流水潺潺和渔舟如织的宁静之城，一座到处有美丽的水蜻蜓飞舞的春城。

享受孤独

形似废弃的古堡群落，神似天外来客留下的蛛丝马迹。在日出或黄昏的斜阳下驻足荒芜的土林，我被大自然的鬼斧神工震慑得一头雾水。寂寞、空辽伴随着死一般的沉寂，化作一股感悟的电流传遍我的全身，任凭思绪来回穿越时空隧道，我尽情享受悄悄袭来的、难以言状的孤独带来的平静与快乐。

土林看似遥远，其实并不难到达，从昆明沿高速公路向大理方向前行200来公里，往北一拐，再沿一条平坦的盘山公路行驶大约2小时，就进入无尽岁月的沧桑剥蚀红土地后形成的土林地界了。

土林难见绿色，满眼尽是凝固的沙土，一道道突起的土梁横亘在群山之间，逶迤出许多奇形怪状的红色屏障。翻越土梁或穿行于土山夹峙的小道之间，但见无数土柱、土笋和土峰拔地而起，给人以远离尘世、迷失于旷野之感。这里天高云淡，空气洁净，高耸的土峰映衬在湛蓝的天幕下，被亚热带的日光照射出橘红色的光芒，尽显怪异和离奇，视野所及之处，宛若张艺谋的暖色调大片直奔眼底，呈现出令人眩晕的视觉冲击力。

由于地处无风的沙土盆地，周围植被稀少，土林周边的气候干燥而又炎热，早出午歇、傍晚再度出游，是寻幽探险的最佳方式。当然，对于"好摄之徒"来说，早晚的阳光拥抱金色土峰时，最容易诞生出光影独特的封面照片，因此，无须宣传，也用不着夸张，悄悄流传于世的摄影作品，使元谋土林成了公认的摄影家天堂。招游的商家琢磨出一句广告词，宣称只要来到土林，"任何一个拥有照相机的人都是摄影家"。的确，对于没有到过土林的人来说，这话似乎并不夸张。

久久凝视着形态诡谲的古堡似造型地貌，我仿佛置身于黄土高原的某处荒凉腹地，又似陷入被遗弃的古埃及迷宫群落，抑或又来到了破败的古罗马角斗场……思绪在想象的空间徘徊，再徘徊。恍惚中，科幻大片中外星人生存的怪异空间突现眼前，刹那间我仿佛又降临到了遥远星体的一片大漠荒野之上，思绪变得一片空白。联想到这一带曾是170万年前元谋猿人生活的地方，出土过大量古猿和猛兽的化石，苍茫、荒芜中隐藏的神秘感更加令人挥之不去。啊，那奇特、神秘的感受真是美妙至极！

对着壮美的土峰群落，我举起照相机向侧逆光的方向聚焦，准备拍摄一张光影和色彩反差强烈的照片。忽然，清晰的镜头里升腾起一团灰色的云雾，一队马帮踩着褐色的沙地闯入了我的取景框。马帮队伍缓慢地、艰难地前行，扬起阵阵尘土四处飘散，由浓渐淡，在夕阳下形成一道漫天挥舞的淡红色烟幕，使空空荡荡的、死一般沉寂的土林蓦然呈现出了些许生机。这是生命的旅程，寂寞的旅程，也是希冀的旅程。目送着远去的马帮，我不禁想起了少年时代的寂寞和孤独。

15岁那年，由于家境贫寒，我放弃报考高中的念头，进了一家半工半读性质的中等专业学校就读，一周上学，一周劳动，以换取学校提供的"免费"食宿。学校地处昆明北郊，离我家大约6公里远，我住学校集体宿舍，每周回家一次，因为没有车钱，往返都是步行。那是我平生第一次离家在外居住，虽然我家住的"一丘田6号"小院土墙斑驳、瓦片缺损、阴冷潮湿，楼板在行走时总是吱吱作响，但每当我周末回家，一脚跨进那个烟熏火燎、破旧不堪的小院，总是感到无限的温暖；而返校的时候，心中又悄悄潜出一股淡淡的酸楚。那时返校的6公里路显得特别漫长，独自在空空荡荡的马路上前行，我的心中布满了铅一般的愁云。想到母亲失业后，父亲一人挑起了抚养我们姐弟四人的重担，我的学业又不尽人意，前途一片迷惘，悒悒独行的我，一如行进在土林荒原中的马帮，备感寂寞、忧伤而无助。那时，15岁的我总是心怀一丝朦胧的、遥不可及的期待，期待着有一天奇迹从天而降，从此改变我们一家人的命运。

我们老家原在滇西北山区的剑川县，世世代代过着食不果腹、衣不蔽体的穷苦生活，为了改变命运，少年的父亲在亲友帮助下，带着干粮、盘缠和几双草鞋，沿着崎岖的山路走了半个月，来到省城昆明求学。经过刻苦攻读，父亲于二十世纪三十年代从云南陆军讲武堂内的一所航校毕业，成为中国的第一代航空专业技术人员。抗战爆发后，父亲奔走于南方的各个机场，为抗击日本侵略者提供空中运输服务，日本投降后，父亲成了昆明机场航站的一名高级管理人员。

我们姐弟四人从小就接受父母的爱国主义教育，母亲给我们讲述最多的，是日本飞机轰炸昆明机场和湖南芷江机场的事，父母和姐姐九死一生，多次从血肉横飞的人群中逃离，又重返机场驻地，一直坚持到抗战胜利，姐姐就是在日本飞机的轰炸声中降生的。对于父亲的功劳，父母从来都缄口不提，我们姐弟仅仅知道，为了帮助满目疮痍的新中国建设，父亲在国民党军溃败台湾时，非但没有听从别人的劝说带领全家到台湾或香港定居，而且扣留了昆明机场的所有飞机，把机场移交给了新政权。

　　然而没过几年，父亲就被视为信不过的人淘汰出了民航系统，转业到建筑工地当小工。母亲做了几年炊事员，后来就失业了。我们姐弟慢慢长大入学，家庭的开支一天天大起来，日子过得越来越艰辛。记得我读小学的时候，有一天，父亲让我放学后到一个建筑工地找他，我来到工地时，看见父亲正在徒手搬运墙角石，他佝偻着背，艰难地把一块块沉重的石头抱起来，挪动到一个手推车上，锉刀般粗糙的双手被磨出了许多血泡。我呆呆地站在一旁，心中不由得涌起一股酸水。父亲一抬头看见我，急忙放下手中的活，从一个破书包里拿出两双帆布手套，慈祥地对我说，工地今天发新手套了，给你吧，拿到旧货店可以换一块钱，快过年了，就当给你的压岁钱吧，拿去买一点好吃的东西。接过父亲没舍得用的手套，看着他被磨出了道道血痕的双手，我的心一阵阵收紧，强忍了半天，酸楚的泪水还是啪嗒啪嗒顺着脸颊流了下来。

　　在那段身穿补丁衣裤，终年半饥半饱的日子里，我唯一的精神寄托就是游泳、打篮球和看小说，似乎游泳和篮球成了生命的一个组成部分。有一次，我和我哥在滇池里游泳，长期压抑的情绪在清澈见底的水中得到释放，我们一时兴起，竟游到了湖中心几公里处，待到游回岸边时，两人刚走上沙滩就双双栽倒在地，严重的营养不良，使我们骨瘦如柴的身体再也经受不了忘乎所以的体力透支了。然而即便如此，我们仍然要拖着饥肠辘辘的身体，步行 10 多公里返回市区的家中。还有一次，我在学校打篮球时不慎摔倒，脑袋重重地砸在水泥地上，当我昏迷了十来分钟苏醒后，只感到天旋地转，站立不稳。校医对我说，脑外伤要慢慢恢复，回去以后一定要注意营养，最好吃一点红糖煮鸡蛋。

"你正在发育，营养不良会留下脑震荡后遗症的！"医生无助地看着我，怜爱地说。

我一句话也没有回答，我只想哭，因为那时我们家连油盐柴米的钱都凑不齐，哪吃得起红糖煮鸡蛋啊！

拖着眩晕的身体，我一步一挪踏上了回家的路程。那天的路特别漫长、遥远，每走一步都是一次煎熬，我走啊走，实在支撑不住时，就坐在路边休息一会儿，等眩晕轻微一点，再继续蹒跚上路。当我路过一个杂货店，看到玻璃罐中装了满满一罐红糖时，双腿怎么也挪不动了，看着光泽透亮的红糖，强忍着饥饿和眩晕的折磨，辛酸的泪花刹那间迷蒙了我的双眼。

就这样，我在那条 6 公里长的路上孤独地走了 3 年。这期间，我学会了洗衣被、打补丁、干零工，学会了一年四季不花一分零用钱，也学会了一次次把辛酸的眼泪往肚里咽。后来我才知道，从那时开始，我从一个活泼、自信的男孩变成了一个忧郁、自卑的男孩，总是避开热闹的场合，独自一人偷偷感悟孤独，感悟不公的人生。这是过早的生活重压赐予我的早熟。也是在那个时期，我不知不觉迷恋上了情调忧郁的普希金抒情诗，把当时能找到的所有普希金作品和外国文学作品看了个遍。面对世事的艰辛，我总是用普希金的《假如生活欺骗了你》来安慰和激励自己——

> 假如生活欺骗了你
> 不要忧郁，也不要愤慨
> 不顺心的时候暂且容忍
> 相信吧，快乐的日子就会到来
> 我们的心永远向前憧憬
> 尽管活在阴沉的现在
> 一切都是暂时的，转瞬即逝
> 而那逝去的将变为可爱

直到如今，这首由查良铮先生翻译的诗我还能倒背如流。令人欣慰的是，后来，痴迷俄国文学作品让我得到了回报：在"文化大革命"结束后，我靠阅读普希金培养的文学兴趣考上了大学，并以一篇《普希金抒情诗的忧郁情调》的论文，获得了云南省大学生学术论文比赛一等奖。大学毕业后，我当上了国家通讯社的记者，从此闯荡天下，广交朋友，永远告别了孤独和寂寞。

模糊的视线重又清晰，我从遥远的回忆中醒来，感到一种从来没有过的舒心和愉悦。马帮已远去，尘埃烟消云散，一缕阳光照进了土林的沟壑和我坦荡的心胸，令我浑身充满了融融暖意。放眼四望，天边彩霞辉映，地上群峰争雄，土林在落日的辉煌中呈现出一种捉摸不透的超凡、孤傲与神秘。我独自一人站在高高的土梁上，沐浴着大地金辉，眺望着无限风光，任凭思绪在酸甜苦辣锤炼的至高境界中徜徉，徜徉。我深深知道，过去的孤独是一种痛苦，一种折磨，一种历练；现在的孤独是一种宁静，一种享受，一种洗礼。看白云流霞悠悠，想天地瞬息万变，土林依旧荒凉，我心已充满绿荫。

我爱土林，因为它神秘莫测，变幻无穷，壮美无比，更因为它远离扰攘的尘世，至今保留着行将消逝的荒漠、苍凉与寂静。在我眼里，土林不仅仅是自然界的一个阶段，也是人生的一个阶段，一个不能忘却、值得回味的阶段。在当今这个五光十色、纸醉金迷的时代，钢筋水泥遗忘了四合院，鲍翅燕窝遗忘了小米菜，裘皮锦缎遗忘了蓝布褂，车流滚滚遗忘了光脚板的放牛娃，但无论如何，我们绝不能遗忘历史，遗忘父辈，遗忘祖宗。土林活灵活现为我展示了历史的一个断层，犹如思绪为我展示逝去的人生一般，令我沉思，令我清醒，令我感奋，令我茅塞顿开。在宇宙面前，人类是渺小的；在灾难面前，人们是脆弱的；在纷繁的尘世面前，人是微不足道的。诚实应对生活，淡看功名富贵，珍惜平凡人生，爱对妻儿老小，其实就拥有了一切。

我去过两次土林，仍嫌远远不够，我还会第三次、第四次去土林。是的，土林无与伦比的独特景致，不断诱惑着我的梦想，让我反复想象，下一次到土林，也许我会遇上雨过天晴的绝佳天气，看到太阳穿透云雾，把一束束五彩斑斓的金箭射向土林群峰的景象。在日出或日落时分，我要贪婪地享受大自然赐予我的瞬间神奇，在绮丽的天光地影变幻中，在孤独的守望中，抓拍到一张能够倾诉我独特情感的土林唯美照片。

心静是美妙的，暂时的孤独也是美妙的，寂静的土林能带给我想象的一切快乐。此刻，只要闭上眼睛，我的脑海里就会出现一幅巨大的暖色画面：一轮火红的太阳从红色土林的群峰间喷薄而出，灿烂的光辉洒遍寰宇，也照亮了我的心胸。我想，对于一个钟情于大自然和苦尽甘来的旅者来说，这种回忆和期待本身就是一种莫大的享受。

没有人打扰，也不可能让人分享，此刻，我尽情享受孤独……

武成路的眼泪

　　肩挎一个蓝色平布书包，脚蹬外婆一针一线为我缝制的布底鞋，上学和放学的路上，我常常在武成路闲逛，磨光的石板路上，一遍遍留下我那双小小鞋底摩擦的印迹。

　　儿时的武成路是一首韵味无穷的古体诗，千遍万遍也读不厌。我用半个多世纪的生活阅历敢说一句，武成路要是不拆，它将是云南乃至中国最具观赏性的一条老街，由此诞生出无数美丽的诗歌、散文和经久不衰的老照片。从旅游角度讲，源于元代、建于明清、盛于民国时期的这条古街，势必以昆明历史文化名城记忆符号的形象，成为世界游客趋之若鹜的朝圣之地。

　　只可惜，老祖宗留下的武成路古建筑全都轰然倒塌了，他死于二十世纪九十年代成群结队的挖掘机、吊车铁臂下，整条历史街区被夷为平地后，连街名也被斩草除根，从新修的街道上被移除。现在，每当昆明市进入雨季，淅淅沥沥的雨声响起来，我仿佛就听到武成路在哭泣，眼泪哗哗哗直淌，一哭就是几个月。

　　记忆中的武成路残留着黄包车、长衫和毡帽的身影，流动着古色古香的商业辉煌，路两边的商铺是清一色的木板房，商铺门面的油漆总是锃亮发光，长约八九百米的街道上，除了有几条小街小巷把商铺隔断外，武成路的商铺一个紧挨一个，从西边的小西门一直延伸到东边的华山西路，足够身穿旗袍和姊妹装的爱美女士逛上一整天。

　　武成路既是一条热闹的路，也是一条悠闲的路，街面上铺的是青石板，人行道不到两米宽。老昆明很少见到汽车，通常情况下，街边街心任人自由行走，是一条地地道道的步行街。行人的活动节奏都很慢，脚步和神态漫不经心，心情自然也很放松，遇到一个熟人每每要聊上半把个小时。少年的我家境贫寒，心无抱负，成天无所事事，课余之时便经常到武成路看热闹，加入闲逛的人群，面对眼花缭乱的商品东张西望，在想入非非中解解眼馋。

　　武成路的商业功能十分齐备，除了百姓生活不可或缺的百货店、服装店、鞋店、钟表店、糕点铺、餐馆、文具店、水果铺之类的商家铺号外，许多古老的商业模式依然在流行。我的印象中，当铺的生意相当不错，我常常看到有人拿了衣物、钟表、香炉、手镯之类的物件到当铺估价，成交率也很高。毛笔铺则是传统商业文化的代表，玩书法的人从不到文具店买毛笔，只到毛笔铺买江西人祖传工艺制作的笔，而且要买"狼毫"，也就是专门用狼身上的毛制作的笔。狼毫又细又软，且有韧性。在众多毛笔铺中，张学文毛笔庄是最出名的老字号，父亲宁愿终年穿补丁衣服，也要省下钱来到那家笔庄买一支狼毫，回家温习书法。

　　武成路上生意最火爆的是布料店，那年头国家贫穷，人人经济拮据，舍不得花钱买衣服，都是到布料店扯布，再请裁缝师傅量体裁衣，缝制自己喜欢的衣服，因此，布料店里里外外总是人群熙攘，热闹非凡。相比之下，神秘兮兮的古玩店就冷清多了，掌柜的独坐店内，用鹰一般的眼睛盯着店门入口，仅从顾客的穿着、神态就能一眼分辨出其身份的高低贵贱，由此决定并把握迎客的热情分寸。武成路与劝业场的交叉口处，有一家天津狗不理包子店，那是我做梦都想进去解馋的地方，每当路过那里，看见一些衣着整洁的人进进出出，闻着肉香飘飘的包子味，我总是想，如果有一天大人带我进去吃一顿该多好啊，只可惜我咽了千百遍口水，最终也没尝过那个神秘的小笼包子。大人说，狗不理包子太贵，不是我们这些穷人吃的。

记不清武成路上有多少条幽深的小巷了，但有两条巷子始终穿越时空，沉淀在我不灭的记忆里，那就是老街上段的铁局巷和中段的中和巷。铁局巷四通八达，既可直插五华山下的登华街，又可拐到热闹的劝业场，且巷中有巷，很是神秘。中和巷内有许多中西合璧的深宅大院，朱门栉比，水井幽幽，仿佛躲藏着一个个未知的故事传说。而吸引我们小孩子的，除了凝固的历史后面弥漫的神秘感外，还有巷子出口处摆摊设点的补锅匠和书信先生。补锅匠的手艺十分高超，锅碗瓢盆凡有破损都来者不拒，谁家的铜盆铝盆磨出洞送上门来，补锅匠就手持一把锋利的剪刀，剪下一块材质相似的金属面料，抹上黏合剂贴在破损之处，然后打上一圈小孔，用铆钉把盆底和金属补疤铆得严严实实，当场装水检验，绝对做到滴水不漏。补碗补盘的高超手艺更是令人叫绝，那时还没有搪瓷、钢精之类的餐具，居家住户用的多是木碗和土碗，但也有部分殷实人家用了景德镇的白瓷盘子和碗具，这些碗碗碟碟出现断裂和破损，主人舍不得丢弃，便拿给补锅匠修理。补锅匠仅用一付手工钻具，就能在瓷盘瓷碗的断裂边缘打出两溜小孔，然后用极小的铜扣子把断裂的碗碟扣紧，仿佛一根拉链把两块瓷片拉合在一起，残破的碗碟顷刻就变成了一件精致的工艺品。这项技术使我看得发呆，常常忘了饥寒，从太阳西斜直看到晚霞抹红了巷口的白墙，甚至家家户户的油灯点亮。

　　在我的脑海中，书信先生是一座凝固的雕像：长衫配毡帽，抑或是中山装配解放帽，总之那顶帽子永远规规矩矩压在瘦削的脸上，玳瑁色的眼镜也永远耷拉在鼻梁骨下面。书信台是一张裂了缝的桌子，桌面上放着一沓信纸、一个书砧，外加一个砚台和插了几只毛笔的青花瓷笔筒。有求信者到来，先生便一边搭讪发问，一边慢悠悠翻纸研墨，工工整整写起小楷来。求信者基本都是些文盲老人和农村妇女，书信先生的问话也是千篇一律，"你家咯好好的？""娃娃咯淘气？""钱咯够花？"等等，嘴里还机械地回应着"喔，喔，咯是？"一双眼睛在镜片上下不停地翻动着。书信先生的信纸全是竖格子，下笔自然是从右到左的老格式，写的也都是些繁体字，看起来很是费劲，不过，在我们小孩子眼中，那就是长辈、学问和沧桑的化身。

　　武成路有没有棺材铺我已记不清了，但好几个小院的巷道里横放着老人备用棺材的情景我还有印象。有一次，我和两个小伙伴闲来无事，偶然闯入一家小院，先一步入内的我忽然在黑暗中发现了一口黑漆棺材，为了显示我的"英雄胆量"，我悄悄爬到棺材的盖板上躲藏起来，等两个小伙伴刚一走近棺材，我猛然一声吼叫，扮着鬼脸从棺材上跳到地下，吓得小伙伴直打抖。这个恶作剧竟使我得意了很久。后来，街坊一个娃娃头学着我的样子，把恶作剧越做越大，不但藏在棺材上扮鬼，还找来一支手电筒，用红布蒙住电筒玻璃，把一道红光射到翻开的眼皮和伸出的舌头上，着实吓坏了一些娃娃。

那年头，大人基本不带我们到武成路闲逛，因为上街就意味着花钱破费，破费的结果是整个家庭节衣缩食，甚至断粮断炊，所以，一旦大人招呼上街，无非是干两件事：一件是剃头；另一件是洗澡。儿童剃一次头好像是收费一毛五分钱，发型样式千篇一律，即电影《小兵张嘎》中那种娃娃头：脑袋四周全部剃光，只留下脑门顶部一块小小的三角形短发，近似于半个光头。这种"娃娃头"可以拉长理发周期，节省不少开支。大人常带我去的澡堂是一家江苏人开的"江苏沐浴室"，位于武成路与福照街交汇处，名气不小，半个昆明市的人都到此洗澡。当时绝大多数老百姓住的是土坯房或木板房，烧的是煤炉，用的是井水，无法在家中洗澡，因此澡堂天天爆满，进门就要在过厅里排队，等候师傅叫号。澡堂一楼有个几十平方米的大池子，满身臭汗的人们互相暴露着胴体，如同下饺子般挤在池子里，竞相搓着前胸后背和肋骨凸出的糟垢，浓烈的汗臭味与雾状蒸汽混合在一起，充斥在混沌的空气中。而一些顽童全然不顾环境的龌龊，照样憋着气扑到水中玩耍，在大人的屁股和大腿之间钻来钻去。

武成路在我的少年生活中留下了一段刻骨铭心的故事。上初中一年级时，学校风行踢足球，一些家境殷实的同学买了运动鞋，奔跑在操场上很是风光，而一些家境贫寒的同学却因买不起球鞋，只能穿了家里自制的布鞋参加运动，更有特困生干脆赤脚上场，常常弄得满脚受伤肿胀，很是可怜。我是穿布鞋的人之一，常年只穿一双鞋，走路、跑步、踢球全靠它，即使穿到脚趾顶破鞋尖，几个趾头露到破鞋口外面也照穿不误，必须熬到来年春节才能换一双新鞋。我的鞋都是外婆一针一线纳的鞋底，母亲做的鞋帮，白底黑面组合，就像现在的工艺品，穿着它们踢球我实在心疼，于是做梦都想得到一双运动鞋。带着这个梦想，我天天到武成路的一家鞋店转悠，隔着玻璃柜台欣赏球鞋望梅止渴，盼望着有一天我也拥有一双属于自己的球鞋，穿着新球鞋到运动场上飞奔。我开始悄悄地攒钱，每天不吃早点，把大人给的早点钱装进一只破袜子里，望眼欲穿地等待破袜子一天天鼓起来，直到攒够两块多钱就去圆我的买鞋梦。那时大人每天给我五分钱买早点，我或是用它买一个烧饵块，边走边吃去上学；或是花两分钱买一个米浆粑粑，省下三分钱作为零花钱，买点腌萝卜、橡皮擦之类的东西。自从有了买鞋梦，我就再也不吃早点了，每天心甘情愿饥肠辘辘地走向学堂，放学后却忘不了做两件事：一件是到武成路的鞋店看一眼我心仪的球鞋；另一件是回家后把破袜子里的钱抖出来数一遍，掰着指头做一番倒计时的算术，看看离买鞋还有多少天。这样大约熬了一个多月，有一天，母亲忽然在我床铺的褥子下发现了我的秘密。

"小三，哪里来的钱？"母亲问，手里提着那个鼓鼓囊囊的破袜子钱袋。

"我攒的。"我怯生生地回答。

"不能说谎话。咋个攒的？"母亲追问。

"是家里给的早点钱。"

"攒了多久了？你不吃早点？"母亲提高了声调，显然还是有些怀疑，因为我们家太穷了，除了早点钱，我根本没有获取零花钱的其他途径。

"我记不清攒了多久。我只是想买一双球鞋。"我老老实实地坦白。

母亲把破袜子里揉得皱巴巴的钱一分一分掏出来数着，她瞪大了眼睛，显然不敢相信我竟然攒了那么多钱。

"一块六角！你一个多月没吃早点，饿坏了身体咋个上学？"

我再没有回答母亲的问话，我害怕说错了话，伤了母亲的心，我看到一串泪珠在母亲的眼眶里打转转。那段时间母亲已经失业，全家七口人全靠父亲一个人干泥水匠养活。苞谷碎渣和大米混杂的午饭还没有做熟，母亲含着泪用开水为我泡了一碗冷饭，又拿来一些她亲手腌制的酸腌菜，让我赶快吃下充饥。我狼吞虎咽地吃完了冷饭，母亲呆呆地、心疼地站在一旁看着，充满爱怜地责怪我："今后有什么事不要背着大人，就是卖家当我也会给你买球鞋的！"

当天下午，母亲为我凑齐了买鞋所需的钱，带我来到武成路那家鞋店，帮着我左穿右试，终于为我买下了那双我早已看过无数遍的运动鞋。

我至今也忘不了，那是一双三十五码的白色低帮运动鞋，在那样的时代和那个贫穷的家庭背景下，它是一件了不起的奢侈品。因此，虽然买了鞋，我却不大舍得穿，平日整整齐齐把它放在床下，只有上体育课时才拿出来珍爱地穿上，放学后又马上脱下来洗净，在弄脏的鞋面上抹上一些白粉或牙膏，晾干后又小心翼翼地收起来，等待下次再用。没想到，那时我正进入发育年龄，脚长得特别快，还不到一年，疯长的脚就再也穿不进那双鞋了，以至于母亲和我很长时间都在后悔，当初为什么不买一双大一点的鞋！

再后来，那双保护得完好无损的运动鞋成了我的纪念品，被装进一个木头箱子里，直到初中毕业，我到一所中等专业学校住校就读，才把它送给了一个街坊小伙伴。小伙伴穿了一年，又把它让给弟弟继续穿，而且小伙伴和他的弟弟都学着我的模样，每次洗鞋后都要在鞋面上抹一些白粉或牙膏。

如今，古韵苍苍的武成路早已不复存在，老昆明的石板路都变成了宽阔的堵车大道，随着一个个老人的过世，历史的物证和人证都几近消失。只是，每当我路过人民中路时，我总会禁不住想，这里原来有一条武成路，武成路的路面是青石板铺的，商铺全是木结构的，屋顶铺着青色筒瓦和板瓦，少年的我经常在这里闲逛。这里有一间记录了我少年梦想、生活辛酸和伟大母爱的鞋店。

黄公东街

一

老昆明有个劝业场，劝业场北头有两条通往翠湖的小街，一条叫黄公东街，一条叫黄公西街。我在黄公东街附近出生长大、忍饥挨饿、逃学玩耍，你就是挖地三尺，把这条老街的房舍推倒重建一百次，也抹不掉它镌刻在我心中的石板路、木楞房和形形色色的老街坊记忆，在清晰与模糊之间交替，梦里重现了一千遍一万遍，这是岁月残留给我的凄婉的生命之歌。

黄公东街和黄公西街其实是两道坡，坡的中央由一溜排列整齐的横条石铺就，横条石两边又有竖条石镶边，把道路排列得像悠长的格子画。条石外沿直到墙角部分是凸凹不平的毛石和泥巴地，人们走路自然爱从平坦的路中央走，久而久之，一溜烟的青石板被踩得光滑锃亮，在月光下都会反射出幽幽的光。

黄公东街连着尽忠寺坡，下完坡就是翠湖。嘉庆年间建的尽忠寺早已灰飞烟灭，坡的名字还在苟延残喘。坡头是一条横亘的巷子，把黄公东街和黄公西街相连，巷子的名字很古怪，叫磨盘山，据说是古时候行刑杀人的地方，几棵大柏树阴森森盘踞在巷口的空地上，地下洒满了枯黄的柏树针叶，一不留神就要滑倒行人。这里走夜路常闹鬼，风吹树叶响都会听见凄惨的叫声或哭声，某某人遭遇无头鬼、白无常的故事很流行，老人们都说那是冤魂在游荡，在寻找替死鬼。若真是夜晚路过，行人中谁要是发出"鬼来了"的一声惊叫，小孩子都要被吓出病来。

我家住在黄公东街下段的一个拐弯处，那拐弯名叫一丘田，估计是农耕时代遗留的名字，昆明建城以后，这个估算地面大小的名称便被沿用成了街巷名。儿时的我几乎每天都要在黄公东街往返几趟，这不仅是因为我喜欢到坡头的劝业场看热闹，或者帮大人去买香烟、火柴、打酱油之类，还因为这条小街的一个巷口有个厕所，是附近老百姓"方便"的唯一去处。那厕所脏兮兮的，脏得经常难以迈脚，臭气老远就熏得路人捂鼻，也不知厕所周围那些人家是怎么闻臭度日的。

黄公东街的贫富悬殊极大，街的下段有几个深宅大院，住着一些衣着整洁、举止斯文的男男女女，大约是清末民初达官贵人或商贾的后代。街的上段却是典型的贫民窟，身着补丁衣裤的人们住在低矮潮湿的木楞房里，过着终年不见阳光的日子。木楞房看似两层，其实上面那层仅有一米多高，纯属过夜的蜗居，只能爬上去睡觉，睡到懵懂时忘了蜗居环境，一起身脑袋就要撞到屋顶的橡木。木楞房没有窗，因此屋子从早到晚都昏暗无光，家家户户的泥巴地上放了些板凳、水桶、瓦罐之类的家什，只有到太阳落山之前，才有一线亮光照进西向的小屋。此刻的黄公东街到了做饭时候，木楞房外的台阶上一溜烟燃起了柴煤炉子，炉子里冒出的条条黑龙随风在小街上空摇头摆尾飞舞，与附近的厕所气味混杂在一起飘散，过往行人都手捂口鼻，加快脚步也避之不及。

到了夜晚，木楞房里就忽闪忽闪亮起了煤油灯，我真担心他们一不小心失火，就会把房子连同可怜的性命毁于一旦。有一年，附近的翠湖西路蒲草田有一处木楞房失火，就是因为煤油灯被一个小脚老太婆掀翻了，结果被活活烧死的。那场火灾是夜里发生的，大火被扑灭的那天上午，我跟着街坊邻居去看热闹，刚从大人胳肢窝下钻进人群，就看到几个挑夫模样的人，用一块破门板，从冒着残烟的废墟中抬出了一具烧焦的尸体，那简直就是一截冒油的黑炭，小脚老太婆已经被烧得萎缩成了短短的焦尸，吓得我全身肌肉紧缩，之后很长一段时间都不敢走夜路。

黄公东街与尽忠寺坡的交叉口有一棵参天大树，当地居民称之为麻栗果树。麻栗果味涩发苦，不能食用，但挂果时节满树皆果，煞是诱人，饥肠辘辘的小娃娃个个心有不甘，便纷纷像猴子般爬上大树高高的枝丫，一捧捧摘下果实，拿回家权当玩具，有的顽童把麻栗果果肉掏空，留下一个空壳，再找来一根细竹管插在麻栗壳上，便做成了一个烟斗，煞有介事吸起假烟来。

大树旁边有个茶馆，是黄公东街、黄公西街一带中老年人摆古闲聊、品茗下棋的去处。茶馆不大，可坐一二十人，茶客一多，茶几板凳就摆到了门外的路边。遇有对弈之人，便引来路人驻足观战，七嘴八舌议论棋局，远远便能听到"将军""臭棋"之类地道的昆明话传来。那年头没有收音机和电视机，附近老人了解新闻的最佳方式就是到茶馆看报。其实茶馆并不备报，只是常有茶客带了报纸前去喝茶，一张报纸进了茶馆，所有茶客就可以沾光传阅，待到茶馆关张之时，报纸已几近破损。

那时的茶馆烧水靠一口两米来高的锅炉，水开之时，锅炉的透气孔会呜呜呜吹响汽笛，那声音如同吹箫。这时茶倌手提一支茶壶灌入开水，挨个揭开盖碗茶杯为茶客沏茶，附近一些人家听到吹箫声响，便提了暖瓶前来买水，小暖瓶两分钱灌一瓶，大暖瓶再加一分。不过那时，大多数人家为了省钱，仍然舍不得花这几分钱，情愿在家烧起煤炉自给自足。其实，距这间茶馆不远处的黄公西街与磨盘山交叉口，原来是有一个好茶馆的，那个茶馆名曰望海楼，是个带平台的三层楼房，由于此处地势较高，因此站在三楼平台上，即可眺望远处"十亩荷花鱼世界，半城杨柳拂楼台"的翠湖旖旎景致。早年翠湖名叫菜海子，这个瞭望平台也就取名为望海楼了。

二

黄公东街的平民中，有一个衣着褴褛的中年男人名叫黄保安，街坊邻居无人不知无人不晓，此人的身世是个谜，他似乎一年四季从不换衣洗鞋，打满补丁的衣裤不但磨出了洞，撕开了布条口子，而且沾满了污垢和油腻。黄保安夫妇以挑水为生，那时昆明城还没有完全告别饮用井水与河水的年代，一些街道刚刚通了自来水，大约两三条街才有一个自来水龙头，供居民共用，人们取水需要用扁担挑着一对水桶前去排队，无论水桶大小，每桶交一分钱硬币，两分钱可挑一挑回家储藏备用。自来水其实是以后的名字了，刚开始昆明人都把水管里流出来的水叫机器水，意思是靠机器抽来的水，以示同河水或井水的区别。挑水是个体力活，那些家境殷实的人家不愿劳神费力，便花钱雇人送水，于是才有了黄保安之类的送水挑夫。

每天天一放亮，黄保安夫妇便分头为那些有钱人家挑担送水，赚取廉价的活命钱，直至日落西山方才收工。这两口子体型又瘦又矮，但负重耐力过人，挑水的技巧也很是独特，他们在木桶里扔一块木片，水灌入木桶，木片便随水漂浮，即使水漫到桶边，漂浮的木片也始终压着水头，溅不起水花，挑夫快步行走水也晃不出来。那时工薪阶层的月工资只有三十多块钱，黄保安夫妇送水的代工费是两分钱一桶，四分钱一挑，我估摸他们拼了老命每人每天也赚不到一块钱，久而久之，黄保安夫妇早被扁担压成了两只大弯虾。

在街坊邻居眼中，黄保安就是叫花子的代名词。二十世纪六十年代，昆明城已基本无人再穿草鞋，但黄保安仍然是草鞋当家、破衣裹身，只见他硕大的裤腿下，一双草鞋包裹着开了裂的脚掌和脚趾，肩头垫一块厚厚的垫肩，挑着一对沉重的木水桶，嘎吱嘎吱行走在石板路上，老远就能听见动静。黄保安大概从来不洗脸，一副刚从垃圾堆里钻出来的模样，头上顶一块蓝色破布，一根细绳的两头拴住破布，系在下巴壳下面，形象很是怪异，嘴里还一边叫着："闪开闪开，撞着了！"黄保安的蓬头垢面模样成了大人吓唬小孩的借口，谁家的娃娃要是不听话了，大人只要吼一声"黄保安来啦！"或是"再哭让黄保安把你背走！"小孩子立即就不敢再哭闹。

　　我是极怕黄保安的，远远看见他就绕着走，就像女孩子害怕黄保安的老婆一样。黄保安的老婆是个佝偻的女人，名字倒是很好听，叫冼桂芳，不过形象与名字就相距十万八千里了。冼桂芳的叫花子模样比黄保安有过之无不及，头上顶着蓝色破布不说，满脸还分布着深深浅浅的沟状皱纹，以及黑褐不分的斑痕，看不清是污渍、伤疤还是别的什么东西，活像小人书上的狼外婆。更要命的是，这婆娘满口脏话，把"你这个小烂屎"之类的臭话挂在嘴边，专骂那些挡道和看不顺眼的无辜女人，一副谁敢惹老娘你就来试试看的架势。"小烂屎"是昆明人最恶毒的骂人脏话，相当于妓女、破鞋的十倍翻，冼桂芳竟把这句脏话骂出了瘾，三句两句就扯开嗓子开骂，哪有女人不害怕的。黄保安与冼桂芳经常吵架，夫妻俩对骂起来照样是臭话连篇，仿佛充满了乐趣，骂得街坊邻居都听不下去，直皱眉头，但时间长了也就习以为常了。其实黄保安夫妇也怪可怜的，四五十岁的人了，却没有一个子女，也没有亲戚朋友，街坊都像躲避瘟疫一样躲着他们，有朝一日挑不动水或是有个什么病痛，躺倒在家里境遇会非常悲惨。

　　黄公东街还发生过抢大粪的事，那时还没有发明化肥，种庄稼全靠人畜粪便，大粪自然成了抢手货。有一天，黄公东街厕所附近发生扁担大战，一个赶马车拉粪桶的农民，被另一个抢粪的男人追到厕所外的街面上，劈头盖脸一阵扁担乱棍，打得一路小跑。打人者边打边骂骂咧咧："你再敢抢老子的大粪，老子就把你丢进粪坑！"听说此人以看管厕所为生，具有粪便的处置权，常用粪便同前来拉粪的人换取蔬菜之类的东西，把大粪变成了肥缺。那时候讲阶级成分，工人、贫下中农、革命干部、地富反坏右一大堆称谓，把人分成三六九等，但也不知道该为此人划归哪一类成分。我有个极其聪明的初中同学是个毒舌，他背地里说，应该为垄断大粪、用武力抢粪的人，专门划一种成分，叫"粪霸"，享受地主的政治待遇。当时我还傻乎乎地跟他争论起来，我说，粪霸也是无产阶级呀，大粪那么臭，不可能拿回家里攒起来，也不能拿到大街上卖，总不能算财产吧？

其实我是孤陋寡闻了，当时的物质短缺，已经到了什么都要凭票供应的地步，并殃及了大粪。后来我见到的票证中，不但有粮票、布票、油票、肉票、煤油票、灯泡票、肥皂票、水票、洗澡票之类，有的地方的确还印制、发放过"粪票"，须凭票才能获取大粪，拿到农田里做肥料。有一张人民公社粪管站发放的粪票上写着："按月取粪，过期作废；取粪带票，撕掉作废"，并注明了"每票五担"。当然还有更奇葩的，有一家供销社甚至发放过"月经带票"，票面上方印着"鼓足干劲，力争上游"，票面注明了"月经带一条"。如此等等，千奇百怪，抢粪之事也就不足为奇了。

三

令人奇怪的是，咫尺之遥的黄公东街下段俨然变了一个世界，几道砖木结构的门厅曲径通幽，弯弯拐拐连着大约三家深宅大院，大院似乎与世隔绝，任凭街市如何喧哗闹腾，石级之上、门道之中的大院宅门却紧闭不开，始终保持着耐人寻味的安宁与莫测，给人一种磁石般的吸引力和神秘感，完全像身处另一个世界。有一次，我怀着好奇的忐忑之心，鼓足勇气悄悄推开一家院门，想看看院子里到底是个什么样，但又担心被人误认为是小偷或流浪儿。正当我蹑手蹑脚边走边窥探，接近天井的门道尽头时，忽然被身后的一个大巴掌搂住了肩膀。

"小朋友，你来找同学？"

我吓了一跳，张口结舌"嗯……嗯"了半天也没说出话来。

"进来吧！"大巴掌的话语很温和，搂着我走进了院子。

这是一个温和的中年男人，穿一身灰色咔叽布中山装，戴一顶呢子帽，浓眉大眼笑容可掬。我却生生看了他一眼，立即又被那个神秘的四合院吸引了。四合院方方正正，三坊一照壁组成，天井里铺着整齐的地砖，地面就像刚刚用水洗刷过一般洁净，中央是小石子镶嵌的圆形图案；天井四周有一些绿色的兰草和苔藓，两侧各有一个大花台，几株茶花正在绿叶间绽放着殷红的花瓣，淡淡的清香飘散在寂静无声的天井里。天井的三面是窗明几净的居所，一面是青瓦铺顶、青砖拼图的照壁墙，墙面中央还有一块凸起的石雕图案。院子的一角，一个年龄同我一般大小的女孩正坐在一把藤椅上看书，她的身后是一棵高大的缅桂树，树干伸向院角上空，树枝把片片绿荫洒在女孩身上，犹如我听过的某个故事中静止的画面。

"媛媛，你的同学来了！"中年男人叫唤女孩。女孩应了一声"爸！"并没有放下书，只是抬起头打量着我，眼光从头到脚扫了我一遍，露出一脸的好奇和茫然。

我的脸烧得通红，因为我实在穿得太寒碜、太邋遢了。我不禁低头看了一下自己：一身洗得发白的蓝布学生装，松垮垮、皱巴巴罩在身上，前排纽扣掉的只剩下了两颗，那是我哥穿小了舍不得扔、淘汰给我的衣服；我的裤腿高一只低一只，脚下穿一双剪刀口的破布鞋，其中一只鞋的鞋尖已张开了口子，两个脏兮兮的脚趾从鞋尖洞口探出头来……我下意识地想把脚趾缩进鞋里，但因为破洞太大，怎么也缩不进去，正当我涨得满脸通红、完全不知所措的时候，女孩"扑哧"一声笑了起来。

"爸，他不是我的同学！"她说，那声音很清脆，甜甜的。转而又大大方方地对我说："我见过你。你是一丘田的吧？"

我想回答"是"，又想说"你是怎么知道的？"但紧张之中，想说的话半句也没说出来。

"哦，不要紧，也许你走错门了。"没等我开口，女孩的爸爸笑了笑说，然后推开一扇房门径直走进了房间。院子里只剩下了我和那个女孩。这时，我才佯装镇静地把眼光从自己脚下转移到女孩身上，算是看清了女孩的模样。

　　女孩穿一件白衬衫，一条蓝布裤子，脚下是一双黑色布鞋，衬衫上套了一件深绿色的毛背心，显得朴素、高雅而且十分得体。她梳着两根过肩的小辫，小辫上扎着两根红头绳，额头是一排整齐的刘海。她合上书本，一只手握着书，两只水灵灵的大眼睛望着我，丝毫也不回避。那是一本用牛皮纸包了封面的书，封皮外面用毛笔写了三个大字——红楼梦，还特意用钢笔在"红楼梦"三个字的外围描了一圈边框，使字体变成了粗壮的艺术字，看得出书的主人对这本书很是珍爱。"我……"我想解释什么，但一直张口结舌，什么也说不出来，脸庞涨得一阵阵地发烧。我一个穷孩子，调皮捣蛋的野孩子，衣衫不整，满脸汗渍，连脚趾都露在鞋子外面，竟毫不知趣地闯入这样一个书香门第、富贵人家，面对眼前这位清秀脱俗、落落大方的女孩，我那少年的自尊心防线忽然间崩塌了。我想起了一丘田小巷深处我家居住的土坯房，想起了漏雨的屋檐、烟熏的煤炉子和写作业用的小板凳，想起了父亲挑水的佝偻背影、母亲为我晾晒在竹竿上的破损了的汗衫，还想起了前不久我在小人书店偷走了一本连环画……嗡的一声，我的脑袋瞬间一片混乱，仿佛掉进了一个深渊。我再也没有勇气看一眼这个名叫媛媛的女孩，是的，我和她根本不是一个世界的人，我继续待下去分明是在羞辱自己。我一扭头就往外跑，没想到匆忙间竟跑错了方向，只听女孩的笑声在身后响起来："那是厕所，大门在右边。小心石坎！"

　　那天我是怎么离开黄公东街，又是怎么回到家里的，我已完全记不清了，我只知道打那以后，我像变了个人似的，变得爱洗脸、爱干净、爱换洗衣服了，我还神差鬼使地翻出一本破损的《红楼梦》，一个人待在家里细细看起来。母亲看见后高兴地说："小三懂事了，像个初中生了。"我在家里排行老三，那年刚上初中一年级，属于整天往外疯跑，经常在外打架、闯祸的那种顽童。当然，那以后我到黄公东街的次数也更加频繁了，有事没事总要到那条街上来回走几趟，路过那个大院，我总要放慢脚步，希望能看见点什么，或是有什么奇迹发生；走过了大院，又禁不住回头张望，期盼某种莫名的情景出现在眼前。遗憾的是，好几个月过去了，无论我白天还是夜里想象过无数次的情节，都始终没有出现，名叫媛媛的那个女孩似乎从这个世界悄悄消失了。

很久以后，我在一个女子中学的大门口看见过媛媛一次。那天我偶然从女中路过，远远听见一阵银铃般的笑声传来，循声望去，媛媛正和几个同学边说边笑走向学校大门。那时正是夏天，她身穿一条深蓝色的背带裙，雪白的衬衫里翻出一道带花的蓝色领口，脚下穿一双白袜子和白球鞋，显得朝气蓬勃、青春靓丽。开始我是在马路对面看见她的，还不敢完全相信就是她，于是三步并作两步穿过马路，跑向女子中学的大门。是的，眼前的女孩就是她，这是我用心刻在记忆里的模样，而且我绝对忘不了那个名字：媛媛。她分明就是黄公东街那道神秘大门里的媛媛。我想大声叫她，但话到嘴边却没敢叫出声。她应该认得出是我，她曾经说记得我住在一丘田，这是她在她家小院里看见我时亲口说的。对，我应该叫她，大声叫她的名字，立即就叫……正当我犹豫不决、欲言又止时，校园里上课的钟声当当当响起来，媛媛和她的同学加快脚步走进学校，后来干脆奔跑起来，转眼之间已消逝在校园的拐弯处。

老半天了，我一直站在女子中学的大门口发呆，媛媛连头也没回一下，她压根就不知道我的存在。其实我深知，她回不回头结果都是一样的，她还是她，大户人家的大家闺秀，千金一枚；我还是我，贫苦人家的穷小子，冒失鬼一个。黄公东街的少年单相思，只是一种情愫的萌芽，抑或是文明的启迪，她注定没有下文，宛若一颗拂晓的流星，偶然间闪烁了一下，释放出短暂而珍贵的希望之光，还来不及绽放灿烂和辉煌，瞬间就在黑暗中陨落了。

日复一日，年复一年，黄公东街的日子依然按部就班地轮回。黄保安夫妇每天仍靠替人挑水度日；晚饭时分，街面上的煤炉子依然一溜烟冒着黑烟，烟熏味与附近的厕所气味混杂在一起飘散；天黑以后，那一间间木楞房里依旧闪烁着煤油灯飘忽不定的火光；而黄公东街下段那几个深宅大院的人们，照例是深居简出，紧闭院门过着讳莫如深的日子……不久，因为家庭生活拮据，我进了一所包吃包住的技工学校读书，搬离了黄公东街附近的一丘田。

四

少年时代，我一直没搞清楚黄公东街和黄公西街名字的来历，还以为黄公大概与疯疯癫癫的黄保安家族有关。直到长大成人后自学近代史，才知道我的胡猜乱想无知可笑到大牙落地。黄公东街和黄公西街的由来，实则与一位辛亥革命的先驱——黄毓英有关。

黄毓英是云南会泽人，著名滇军创始人唐继尧的老乡，他十八岁东渡日本求学，二十岁就加入了孙中山创立的同盟会，之后潜入南洋一代从事反清活动，并回到云南与蔡锷等人一起策划推翻清政府的暴动。一九一一年农历九月九日即重九起义当天，黄毓英带领士兵从昆明北校场军营一路冲杀至老城墙北门，他亲自驾梯登城，开枪射杀了清兵守军，与队友攻破北门，直捣城内清军军械局，占领了清督署，为云南辛亥革命立下了"光复首功"。云南新政权成立后，黄毓英作为滇军将领之一，又受派前往川黔两省驰援推翻清王朝的战事，直至一九一二年五月七日在贵州思南遭袭身亡。黄毓英的遗体运回昆明时，昆明城万人空巷迎候凭吊，众多商家自发下半旗志哀。为铭记黄毓英的伟烈丰功，云南军政府追谥他为"武毅公"，云南各界人士集资修建了"黄武毅公祠"，孙中山亲笔为祠堂牌匾题写了"乾坤正气"四个大字，而"黄武毅公祠"两边的街道，也随之被取名黄公东街和黄公西街。

民间至今流传着一种说法，说黄毓英是因为军事才干出众、起义功劳卓著，同时又有孙中山同盟会的背景，因此被滇军内部争权夺利者有意暗算的，而幕后策划者就是他的老乡唐继尧。不过传说归传说，这些民间故事并无权威史料佐证，潜在的人证也都早已入土。我所纳闷的只是，黄毓英本是推翻清王朝帝制的功臣，改变历史的英烈之一，为什么二十世纪中期的教科书里只字不提，老师也对黄毓英的故事视而不见，充耳不闻，以致从小学到中学的课堂上，从来就无人向我们讲述过这段惊天地泣鬼神的历史，害得我居然把黄公东街与黄保安混为一谈。

老皇历一篇篇翻过去，人们只顾忙于政治运动、衣食温饱，竟忘了身边的市井之事。不知何时，黄公东街坡脚的参天大树居然被连根移除，茶馆也忽然消失了，黄武毅公祠里里外外的柏树也被砍伐殆尽。再后来，记录了小街百年沧桑的石板路变成了水泥路，琉璃飞檐、堂柱空灵的黄武毅公祠不翼而飞，被不伦不类的豆腐块建筑取代，青砖飞檐和朱红木门的祠堂牌楼随之踪影全无，一个商业住宅小区霸占了黄武毅公祠的半个院子和整条黄公西街，独剩半土不洋的黄公东街孤零残留。曾经被安放在圆通山下的黄毓英铜像，更是被人当作废铜冶炼溶化，铜像旧址如今成了一个大型会议与婚礼宫交替使用的多用楼宇，英雄的血泪只能悄悄流到了地下！

灯红酒绿，歌舞升平，生活依旧延续，黄公东街的坡头坡尾，汽车在来回穿梭，遛狗的人若无其事地玩耍散步，再无人留意小街的细微变化。先烈早长眠，壮士已消殒，连修建"黄武毅公祠"的后辈都已陆续作古，只可惜饱经沧桑的殿堂和文物化为了开发商的纸醉金迷。站在黄公东街新修的花坛边，只有二十世纪六十年代以前的儿童、今天年逾花甲的老人，能够依稀忆起黄公东街或黄公西街的古朴模样，梦见"黄武毅公祠"旁边的参天大树、身穿蓝布褂的人群，还有石板路、木楞房和衣衫褴褛的黄保安……

无情的历史，把残酷和冷漠留给活着的见证人独自品尝，无声地传递着撼人心灵的伤感。

苏 醒

　　银发僧人从布袋里抓出一把青稞粒，缓缓走到寺院墙边，对着寺外的山野"咕……咕咕"叫了几声，然后站在一旁静静地等待，像等待从天而降的神灵。我在一旁痴痴地看着，好奇中有点懵，实在想不透僧人在干什么，为什么要对天叫唤，难道这是佛事的一种形式？

　　僧人的呼唤停息之后，清幽、肃穆的著节寺变得悄无声息，即使掉下一根针也会听得见响声。我揣摩了一下，这座高山寺院的海拔估计在四千米以上，因为从三千七百四十米的稻城出发，汽车一路沿缓坡爬行了二十来公里，又顺盘山公路上到半山腰，才来到了这座绿树和灌木环抱的寺院。

　　寂静、萧瑟笼罩着著节寺，耳边只依稀听得见远处传来的松涛声，我在空灵感中肃穆屏息，静静地观察着，只想在四千多米高的净土上保存好体力，尽量多待一会儿，涤荡一下喧嚣尘世带来的浮躁。此刻我寻思，越是空气稀薄的地方，就越是干净，包括大气、水分、生物和人的灵魂。

　　思绪像波浪翻滚着，海量的意识流和感悟被浓缩在大脑中，形象画面反而没了头绪。不到半分钟，一阵"扑腾扑腾"的声音忽然在空中响起，继而头顶上卷起一阵旋风，僧人一把将手里的青稞粒抛撒出去，寺院里从天而降飞下来几十只白色山鸡。顷刻之间，满地抖动的白羽毛如同哈达在寺院中流动，咕咕咕的叫声

苍凉的美丽
—— 一个记者的散文世界

响成一片，寺院变成了一座飞禽乐园。我和同伴简直被惊呆了，这场景，分明像神话故事里的画面，弥漫着一股子仙气，我们却身处仙境中，整个画面情景被僧人活灵活现地导演出来，实在是不可思议！

好不容易从恍惚中走出来，我仔细观察着从天而降的山鸡，它们约一米见长，白羽光滑似绢，红嘴晶亮如钩，蓝尾弯曲像帚，形象煞是可爱。啄食举首之间，山鸡仿佛着了魔似的，完全不畏惧寺院里的人，纷纷晃动着身躯，拖着长长的尾翼，簇拥到僧人周围，仿佛孩子同父亲相处，共享天伦之乐。

"咕—咕咕"，僧人一边呼唤，一边顺手抓了一把青稞粒撒到寺院中央，让山鸡啄食，继而又抓一把捧在手心，径直把手伸向山鸡群，任凭山鸡从手掌上啄取青稞粒。啄食的山鸡与僧人贴身擦羽，亲密无间，动作、神态仿佛向僧人撒娇，就像人也是它们的同类生灵。

我的思维一片空白，不是因为缺氧，而是因为眼前闻所未闻的奇遇，昔日神话传说中大仙呼风唤雨的场景，怎么就变成了一次亲历？这实在来得太突然、太不可思议了，现实、虚幻、真情、童话在我的脑海里揉成一团无序的乱麻。

光临著节寺的山鸡是藏马鸡，温顺可爱的珍稀动物，它们以滇西北、川西、藏东南和青海南部高海拔地区为栖息地，其中，川西稻城的著节寺附近栖息着上千只。此前我一直以为，野生动物离人类很远很远，它们的自我保护意识很强，处处提防人的伤害，唯恐人类以食为媒，围之捕之，总之，人与动物完全不在同一个生命循环圈。我怎么也没想到，在这片高原净土上，它们与人类竟变得如此亲近，简直到了难舍难分的地步，不分彼此，同享清福，有如同类般亲密，好似亲戚般和谐。他们共同拥有并享受一个世界的呵护，享受山林、空气、水源，享受微风、蓝天、白云，甚至共享青稞和饮食。他们都是宇宙的臣民，都是地球的客人。

然而，不是所有野生动物都像藏马鸡一样幸运，一位董姓的射击运动教练，就为我讲述过当年猎杀野生动物的经历，他的讲述有如一部血腥的恐怖片，让人惊悚得似针扎般难受。二十世纪六十年代初，正在国家射击队集训的小董忽然接到一项特殊任务，前往大西北集中捕杀野生黄羊，为食物短缺解决燃眉之急。与他结伴同行的，是三十多名射击运动员，这批本来准备为国争光的神枪手，不得不违心地充当刽子手，一次次举起自动步枪，把无数温顺的黄羊射杀在戈壁荒原和草地河川。"太血腥了，荒原上枪声一片，黄羊横尸遍野！"讲述起不堪回首的往事，董教练脸部的肌肉都在发抖。

其实那只是屠杀的开始，后来的大规模猎杀行动到底还有多少次，有多少人充当了刽子手，杀戮持续了多久，似乎成了一个千古谜团。更可悲的是，那时候的猎杀行动竟是人们崇尚的行为，猎杀结果竟是歌颂的对象，猎杀者也成了时代的英雄。一九六０年的全国摄影艺术展中，有一幅名为"打黄羊"的摄影作品，真实记录了当年的猎杀画面：严寒笼罩着冰雪荒原，身着皮毛大衣的猎手正驾驶着三轮摩托车，追赶和射杀逃生的黄羊，摩托车边兜上挂满了血腥的战利品—— 刚刚被杀死的黄羊。面向照相机镜头的一侧，一只黄羊的口鼻还流着鲜血，它绝望地瞪着眼睛，死不瞑目地看着前方。

强烈的现场感，富有视觉冲击力的画面，逼真的细节描写，记录的是愚昧的、野蛮的、不可理喻的屠杀，奔跑时速近百公里的野生黄羊，一群群倒在了时速三千多公里的子弹前方。野蛮的狂欢背后，是生命的涂炭和物种的灭绝。若干年后，原先北疆荒原上成群结队出没的野生黄羊，已作为稀有物种被列入濒危动物名录，成了国家二类保护动物。

回忆如乱麻绞成一团，现实却在轻舞飞扬。看我木然地站立在原地不动，白发僧侣朝我一笑，招了招手，示意我靠拢他。此时我觉得他是一个山神，一个呵护和拯救生命的山神。他银发依稀，袈裟耀眼，笑容可掬，一举一动散发的魔力在山中释放，于是我顺从地走到他身边，同他一起亲近藏马鸡，与那些白色的精灵打成一片，融为一体。藏马鸡一点都不畏惧我，当我小心翼翼穿过它们，走向僧侣的时候，它们甚至有意靠近我，有的还抬头看着我，"咕咕咕"地叫唤着，仿佛与我对话，又像在祈求我的照顾。此时，我也有了山神般的感觉。

老僧侣伸手指了指盛满青稞的布袋，示意我也可以像他一样，用青稞粒喂食藏马鸡。他说的是藏语，我听不懂，但从他的眼神和肢体语言中，能够意会到他的嘱咐。我模仿着他，抓了一把青稞撒向山鸡群，藏马鸡立刻乖巧地聚拢过去，啄食地上的青稞粒。我再满满抓一把青稞捧在手心，缓缓伸向鸡群，让它们直接从我的手上啄取青稞粒，然后腾出一只手，轻轻抚摸着藏马鸡光滑的羽毛，就像山神抚摸和慰藉他的臣民。

　　感觉似梦非梦，亲历惬意舒心，雪白乖巧的藏马鸡，不禁使我联想起了昆明的红嘴鸥，那些聪明伶俐的灰白色精灵。二十世纪八十年代中期，从西伯利亚不远万里飞到云南高原越冬的红嘴海鸥，开始成群结队在滇池水域和昆明市区觅食，它们群集翱翔的壮观阵势，翩翩起舞的美丽身影，戏水觅食的热闹场面，为昆明人平添了无限欢乐，市民们纷纷买来面包、馒头甚至点心，款待这些北方降临的天使。日复一日，年复一年，昆明人爱鸥护鸥渐成民风，政府也特制鸥粮长期投食，红嘴鸥越聚越多，以至上万只越冬的鸥鸟，成了昆明特有的一道靓丽风景，冬天的红嘴鸥，似乎也成了春城的标配。

　　其实，首批光临昆明的红嘴鸥早已香消玉殒，现在飞临昆明的鸥鸟，大都是它们哺育的儿孙。海鸥的平均寿命只有二十多年，而时至今日，红嘴海鸥已连续在昆明越冬三十多年，春城昆明已然成了它们的第二故乡，成了它们栖息繁衍、延续生命的首选南迁宝地。

　　人与动物同是血肉身躯，虽然没有相同的语言，但一样有知觉的感应，无论是著节寺的藏马鸡，还是昆明的红嘴鸥，与人的相处都有从陌生走向亲近的故事。藏族姑娘卓玛告诉我，很早以前，川西的藏马鸡从未光顾过寺院，它们以深山树林和灌木为家，漫山遍野觅食为生，处于自生自灭的生存状态。一个奇冷的冬季，著节寺周围的山林突降一场罕见的大雪，皑皑白雪覆盖了山地、林木、草甸，阻断了藏马鸡觅食的环境，饥饿的藏马鸡三三两两飞进寺院，试探着接近僧侣，寻找食物，正要进斋饭的僧侣急忙布施这些造访的来客。开始，藏马鸡小心翼翼啄取投放的食物，看人们没有惊扰和伤害它们，逐渐大胆靠近僧侣进食，直至腹饱身暖，暴雪停息，渡过了难关的藏马鸡才依依不舍告别寺院恩人，振翅回归山林。从此以后，藏马鸡成了著节寺的常客，隔三岔五飞到寺院享用食物，与坚持喂食布施的僧侣们结下了不解之缘。

　　此刻，几名白发僧侣坐在寺院的台阶上晒太阳，安详地、满足地看着藏马鸡群，看着这些来自墙外山林里的邻居，脸上挂满了会心的微笑。他们一定是把这些山鸡看作同生死共患难的朋友，看作一群有血有肉有灵性的生命，可以交流，值得关心，需要帮助，渴求爱与被爱，否则老僧侣怎么会如此虔诚、动情和专注呢？

　　从野蛮进化到文明，是一个漫长的过程，文明既需要温饱的物质基础，也需要文化和教育的启蒙，只要良心尚存，进化不止，文明就众望可期。可怕的是，如今野蛮混迹于文明，那些利欲熏心的人贪欲无界、欲壑难填，竟把猎杀和贩卖野生动物当作生财之道、致富捷径，可恶可憎之极。同一个星球，同一个生命体，有人用赖以生存的粮食和爱心喂养野生动物，有人抛家舍口到山区、草原建立野生动物救助站，为受到伤害的动物重返大自然治病疗伤，但有人却为了一餐"野味"，用猎枪射杀藏羚羊，用铁夹和陷阱捕捉麋鹿或穿山甲，用铁棍击杀海豹和海豚，用捕鲸枪围猎海上巨无霸的鲸鱼，甚至为了得到一对象牙，用炸药轰击野象，为了得到稀有的皮毛，杀死即将绝种的老虎和猎豹……文明与野蛮、慈悲与冷漠、温情与狠毒的反差如此巨大，人的良心已被锋利的刃具切成了两半！

我听见地球在呻吟，山河在哭泣，好端端一个物种缤纷的神奇世界，竟被弱肉强食者涂炭荒野，斩尽杀绝。毛里求斯的国鸟渡渡鸟，于一六八一年灭绝；白令海峡的史德拉海牛，于一七六八年灭绝；威武的西非雄狮，于一八六五年灭绝；憨态可掬的堪察加棕熊，于一九二〇年灭绝；奔跑如飞的亚洲猎豹，于一九四八年灭绝；美丽无比的北美红狼，于一九七〇年灭绝；连兽中之王的西亚虎，也于一九八〇年彻底消亡了……山火、猎枪、子弹、刀斧、网具、陷阱，统统在吞噬无辜的动物们，翻阅世界《红皮书》的页面，看到的仿佛是一页页、一行行流淌的鲜血：仅二十世纪的一百年间，就有一百一十个种和亚种的哺乳动物、一百三十九种和亚种的鸟类在地球上消亡，现仍有近六百种鸟、四百多种兽和二百多种两栖爬行动物，生存在濒危的边界，随时有可能在自然与人为的侵害中遭受灭顶之灾。关闭电脑资料，遥望茫茫的窗外，我的眼前尽是野生动物绝望的眼睛，耳边尽是动物们发出的一声声哀号。放下屠刀，立地成佛，我诅咒那些邪恶的贪欲，祈祷良知的苏醒，期盼满世界的人都像著节寺的僧侣般慈悲，像春城昆明的市民一样对动物充满爱心。

其实动物是通人性的，而有的人却充满了兽性。我们常常看到这样的画面：狗狗跳下河营救落水者，导盲犬为主人带路、送物；受伤的候鸟每年飞来与昔日的恩人做伴；放归草原的幼狮长大后，与重逢的饲养员相拥嬉戏；大象成了景区的演员，为无数旅游者带去欢乐和笑声……宇宙赐予了地球生生不息的万物，蓝天白云，青山绿水，生命躯体，植物空气，可人类为了一点眼前利益，为什么要伤害其他生命呢？其实，动物们的要求很低很低，它们只想有食有窝，它们只求基本的生存，但人的要求很高很高，高到没有止境，高到贪得无厌，高到靠杀戮动物来满足自己难填的私欲。同是地球上赖以生存的鲜活生命，人，为什么如此贪欲，如此无情，如此血腥！人性与兽性，为什么常常会颠倒了对象？

"咕咕……咕咕咕！"著节寺里的藏马鸡又欢快地叫唤起来，正在啄食的山鸡用坚硬的嘴角敲击着我的手心，我感到皮肤有些疼痛，敏感的触觉神经告诉我，这不是梦，而是现实的活生生经历。没有城市的喧哗，没有人声的嘈杂，只有山鸡的呼唤和偶尔传来的林涛声。我和藏马鸡用肢体的语言亲近着，用跨越种群的温情交流着，享受博爱的相处，享受生命的快乐。此刻，我的心变得异常宁静，我感到灵魂深处的爱又一次苏醒了，融融的暖流在全身涌动、释放、陶醉。

时光在流淌，和谐在共振。太阳投下的一柱金线，照耀着著节寺闪闪发光的尖顶，辉映着山坡上的针叶树和阔叶林，尖顶下面，庙宇的琉璃瓦像道道金色的波浪，围绕着屋脊奔腾跳跃。一阵风声响起，道道白光飘进院落，又一群藏马鸡降临到了寺院中，几名年轻的僧侣从内院中走出来，加入照顾藏马鸡的人群中。

"咕咕—咕咕"僧侣们的呼唤在寺院中回荡，这是藏马鸡听得懂的语言，是人与动物用生命的原始本能交流的语言。这种本能在地球的一些阴暗角落泯灭，在一些国度、一些原野和大地上苏醒，在一些地方延续并升华着。我也满满地抓了一把青稞粒，百感交集地走向温顺的藏马鸡群，伸出手，贴近它们，舒心地轻声呼唤："咕咕，咕咕咕……"

藏马鸡朝我围拢过来，一只、两只、五只、八只……雪白的一群群，一大片。

阳光越过树林，照在寺院的石板地上，照在一群鲜活的灵与肉中。我感到了生命的苏醒，人性的苏醒。此刻我深信，藏马鸡一定听懂了我的语言。

会飞的花园

　　海峡边有座会飞的花园，她插上了一双无形的
翅膀，自由自在地飞翔，翩翩在你我的精神家园。

——题　记

　　白色快艇在蔚蓝色的海面上箭一般飞驰，时而扬起船头越过波峰，击碎浪尖的水帘凌空飞跃，时而在海上忽地绕一个大湾，把蔚蓝的海水拉出一道美丽的弧线。伴随快艇飞驰的，是清脆悦耳的钢琴声，一双纤细的手指飞快地敲击黑白相间的琴键，演绎出一连串变幻无穷的梦幻乐曲，那是令人飘飘欲仙的天籁之音……

　　其实这是我的想象，抑或是经历的回放。这些想象在时空跳跃中交错轮回，亦虚亦实，亦真亦假，却又欲罢不能。而所有这些梦幻场景，完全是缘于我忘不了那个海岛，忘不了那座海上花园，以至海岛携花园常常闯入脑海，让意念插上了音乐的翅膀。

　　鼓浪屿和菽庄花园，是人生的窃喜，当我置身其间漫步流连，一颗麻木的心就被融化了。那天，在日光岩上饱览了鹭岛风光，眺望了山下菽庄花园四十四桥的身影，下山后移步花园的绿荫深处，远远就听见钢琴声从花丛后的建筑里传出，那是贝多芬的《月光奏鸣曲》在流淌。循着钢琴声迈上台阶，走进摆满了各式古老钢琴的"听涛轩"，刹那间迷失在一座神圣的音乐圣殿。

早在少年时代，我就从大人口中得知，鼓浪屿是音乐家的摇篮，指挥家周淑安、陈佐湟，音乐理论家林俊卿，钢琴家殷承宗和许斐尼、许斐星、许斐平三兄弟，都是从鼓浪屿走出的音乐奇才。于是带着无限的憧憬，带着对音乐的顶礼膜拜，我从厦门码头渡船来到了鼓浪屿，想仔细看看神秘的音乐之岛长什么模样，想在榕树掩映、三角梅盛开的街巷里漫步流连，聆听从南洋式小院里越墙而出的钢琴声，或在藤蔓攀缘的花墙外，在悠长的石子路上，用照相机镜头捕捉一幅旗袍女手拿书本行走的画面。那真是一种奢侈的诗意境界。

菽庄花园的音乐之旅，升华了我出发前的见闻和诗意想象。七十多架造型迥异的古钢琴，七十多个插上音乐翅膀的越洋故事，遍布听涛轩和蛇岭花苑的每一个角落，让我陷入了无尽的遐想空间。

我开始追寻那些钢琴的来历。那是旅居澳洲的华侨、钢琴收藏家胡友义先生捐赠给故乡的珍稀藏品。胡先生曾是鼓浪屿的原住民，他毕生热爱音乐，痴情于钢琴，在游走世界各地时用心良苦、慧眼识珠，陆续购买、收藏了上百架古钢琴，历尽千辛万苦运回澳洲的家中，陪伴他和夫人度过了数十年音乐人生。当先生听说鼓浪屿要弘扬和发展音乐文化后，毅然决定把毕生收藏的钢琴捐赠给故乡，最终，当地政府选址菽庄花园里的听涛轩和蛇岭花苑，作为钢琴藏品的陈列厅，成就音乐之岛鼓浪屿建起了中国独一无二的钢琴博物馆。

我的一位同事曾采访过胡先生，她追问先生为何有此动议，为何如此慷慨？先生若有所思，"我是听着鼓浪屿的海浪声长大的，它就像钢琴弹出的节奏。我把毕生收藏的钢琴放在这里展览，是将最珍贵的东西搬回了家。"先生的回答充满了诗情画意，也为钢琴藏品回归故里找到了注释的源头。其实，当这位"少小离家老大回"的华侨老者重返故乡，又听到熟悉的海浪声时，就已悄然做出了让钢琴返乡的决定。胡先生的钢琴珍品陈列在鼓浪屿，既是参观者在倾听音乐的涛声，也是胡先生在倾听故乡的涛声吧！

胡友义先生是二〇一三年七月在墨尔本辞世的，享年七十七岁，但他用钢琴传播的美好意境和想象空间，注定将永无止境。先生客死他乡，但他用尽毕生精力和心血收藏的钢琴，成群结队载着他的梦想返回了故乡，永远与他倾听的海浪做伴，留下了一部诗意人生。此刻，勃拉姆斯的摇篮曲在钢琴博物馆回荡，钢琴声和鼓浪屿的涛声陪伴着胡先生，正畅游在菽庄花园的四十四桥上。

聆听着室内背景音乐传出的古典曲风钢琴奏鸣，我站在一架老式钢琴前发呆。这是一架古色古香的棕色钢琴，在中西合璧的建筑内显得尤其高贵、典雅，琴面上有几朵素雅的牵牛花图案，简洁、明快、清新，仿佛告诉人们，钢琴制作大师和曾经的弹奏者，都深深地眷恋着大自然。琴脚支架的造型更充满了无穷的想象力，它们分别由两个展翅飞翔的天使组成，天使高高地托举着琴身，就像托举着钢琴演奏者绮丽的梦想，跟随演奏的旋律自由自在地翱翔。我呆呆地看着、想着，看恍惚中的指尖飞扬，想风中的音符跳跃激荡，一幅幅壮丽的画卷在眼前飘飞：蓝天、大海、轮船、田野、森林、牧场，鲜花、草甸、牛羊，老人、孩子、笑声……这就是胡友义先生安恬的梦幻世界吧？

天使托举的钢琴名叫普莱耶尔，制作于一八六八年，是法国普莱耶尔公司专为拿破仑三世定制的。钢琴侧面的一段介绍文字掷地有声："肖邦说，当我灵感涌现或我强烈地想发出心灵的乐声时，我非得有一架普莱耶尔不可！"对伟大的音乐家和钢琴家而言，这架天使托举的钢琴魅力有多大，我们难以想象，但可以想见的是，那些音乐大师、钢琴制作大师和乐器收藏家们，心灵无疑是相通的，对世界的祝福，对生活的向往，对高雅艺术的理解，以及触动情感世界的真善美，赐予了他们一个共同的精神世界。当钢琴声响起的时候，他们感知和触摸的听觉意象也许就在同一个空间。音乐的神奇无边，永远在释放着超越人与人身份等级和物质财富的力量。

肖邦的钢琴协奏曲响起来，钢琴博物馆里切换的背景音乐，在普莱耶尔钢琴的周围制造出令人浮想联翩的、出神入化的气氛，陶冶和净化着观赏者的灵魂。肖邦至今已逝世一百七十年，这位十九世纪最伟大的波兰音乐家应该不会想到，他的代表作《钢琴协奏曲》《叙事曲》和《夜曲》，在穿越了一百七十年风霜雪雨后，居然与他最向往、最喜爱的普莱耶尔钢琴相伴，越过千山万水，来到了太平洋西岸的中国，来到了岛外之岛的鼓浪屿，并用他富有浪漫主义情调的钢琴曲，奏响着一曲曲中西合璧的人文交响。

静静地漫步听涛轩，聆听着遥远时空传来的钢琴声，我仿佛感受到地球在快速旋转，时空在跳跃浓缩。一八二四年制造于英国伦敦的布罗伍德钢琴，一八四九年制造于奥地利维也纳的博森多福钢琴，一八六四年制造于美国纽约的施坦威钢琴，一九〇六年制造于德国慕尼黑的舒楠钢琴，一九二八年制造于美国的全自动海纳斯钢琴……这里的每一架钢琴都如同普莱耶尔一样，叙说着他们不为人知的故事，或激越，或烂漫，或曲折，或伤感，这些音乐故事统统化作了后人无尽的遐思冥想，化作了撩拨情感、启迪智慧、抚慰心灵的文化遗存而流芳。那些音乐天才们，肖邦、贝多芬、勃拉姆斯、李斯特……大师们传世经典作品的旋律，也跟随古老的钢琴飞越高山海洋，穿过云层闪电，飞到了千千万万人们的心灵旷野歇息永驻，筑梦起一片片美妙、宁静和充盈着期盼的精神家园。

梦幻的音乐声送我走出钢琴博物馆，我在菽庄花园缓步流连。飘飘欲仙的人，依然在音乐世界里沉醉，安详的心灵之梦，依然在翩翩飘飞。台湾海峡掀起的碧浪，拍打着菽庄花园岸边的礁石，"啪……啪……"浪声仿佛一台巨大的钢琴在耳边声声响起，富有规律的声浪节奏，恰似在演奏着大自然华彩乐章的一个交响。而此时的我，已坠入了穿越时空的、无限温馨的音乐深渊。

海峡西边，鹭岛之外，菽庄花园风景依旧，但凝固的花园从此插上了音乐的翅膀，变成了一座会飞的花园，观赏过它的人无论走到哪里，去向何方，就把音乐之梦带向了何方。风雨飘摇，时空交错，钢琴大师们已然仙逝，那些神秘的弹奏者用心灵飓风席卷起来的唯美乐曲，连同他们演绎的人生故事、悲欢离合、艺术梦想，都已随历史的烟云弥漫开去，成为无尽的、猜不透的秘密，融化进那一排排黑白相间的琴键里，化作无数插上翅膀的音符飘飞，飘向你我未知的世界，永远无处寻觅。

　　唯有菽庄花园——鼓浪屿钢琴博物馆，把器乐的物质文化与音乐作品的非物质文化嫁接，永续了跨越世纪、跨越种族、跨越国界的人类文明遗产。

　　音乐永生！胡友义先生的大爱永生！

酒之山东

血 脉

酒这东西，很怪。透过它，喜怒哀乐、高贵庸俗、斯文粗鲁、大方小气、诚实虚伪、热情冷淡、深沉浮躁全都可以看出几分。

酒这东西，很难捉摸。你喜欢它，它可以让你尽兴，尽兴得轻松愉悦，忘乎所以，一股脑儿丢弃心中烦恼。你不喜欢它，它可以让别人高兴，然后用别人的高兴刺激你，让你感受热闹中的孤独和无聊。你若是过分喜欢它，它就先让你高兴，然后让你难受，让你遭罪，悄悄摧毁你的身体。

这些说不清道不明的体会，我是在饮酒大省山东领教的。奇怪的是，为了让你高兴，许多山东人宁愿遭罪。

山东酒文化源远流长，以酒待客是山东的传统，上了酒桌，山东人多考虑别人的感受，自己要高兴，更要让别人高兴。因此，山东人劝酒，首先要自己领酒，自己不领酒没有说服力。别人回敬你时，山东人一般也要干杯见底，不干杯不礼貌，怕别人瞧不起。来而无往非礼也。如此，碰到酒量大的人，山东人往往要吃亏，遭罪自然也是常事。不过只要别人高兴，山东人觉得遭罪也值。

呦呦鹿鸣，食野之芩；我有嘉宾，鼓瑟鼓琴。

鼓瑟鼓琴，和乐且湛；我有旨酒，以燕乐嘉宾之心。

诗经《鹿鸣》描绘的场景和抒发的感受说明，喝酒在三千年前即是一件悦客悦己之事。炎黄如此，豪放山东当然不在话下。

山东人的性情以耿直著称，说话直来直去，不会拐弯抹角；办事干脆利落，不愿拖沓磨蹭。所谓"肠子不拐弯"的说法，在南方似乎是笑话一个人傻乎乎缺乏心计，但在山东却是一种根深蒂固的"民族性格"。性格是血脉里的东西，江山易改秉性难移，反映在喝酒上自然是豪气冲天，不计后果。《吕氏春秋·当务》曾有一则刻画山东人喝酒不计后果、意气用事的故事："齐之好勇者，其一人居东郭，其一人居西郭，卒然相遇于涂，曰：'姑相饮乎？'觞数行，曰：'姑求肉乎？'一人曰：'子肉也？我肉也？尚胡革求肉而为？'于是具染而已，因抽刀而相啖，至死而止。"故事讲的是古时候齐国有两个勇士，一个住城东，一个住城西。一次两人在路上偶遇，相约一起饮酒。喝了一会儿，其中一人问是否应该弄点肉来吃，另一人却说：你我身上都有肉，何不互相割下来吃？于是二人抽刀在对方身上割肉而饮，直至死亡。这个夸张到极致的故事，是真是假、有无根据不得而知，但作为描写山东人意气用事和为酒痴狂的文化遗存，却至今仍能在山东人身上找到一些影子。

酒之山东传承了祖宗的规矩和礼仪，积淀了侠义肝胆的文化精髓，其深奥学问决不能以"嗜酒""贪杯"之类的评说简而论之。今天的山东人依然心知肚明，喝酒的态度与做人有关，"宁伤身体，不伤感情"不只是约定俗成的规矩方圆，而且是奔流在血液里的自愿。为亲朋、为友谊而饮，抑或为工作、为事业而饮，即便是偶尔豪饮过量，也会在短暂的遭罪之后留给生命一些值得回味的愉悦。于是，带有酒精的各种液体纷纷携喜怒哀乐融入山东人的日常生活及情感世界，白的红的黄的啤的似乎统统不在话下，以至网络上发布的《中国餐饮产业发展报告》宣称，山东乃中国"最能喝的"省份。网友调查数据甚至佐证，有百分之七十二的山东人年夜饭喝了三两以上白酒，百分之三十五的人喝了半斤以上白酒。酒之山东的名气豪气义气可见一斑。

在酒神面前，百分之百的理智纯属扯淡，除非酒从世界上消失；除非一个人家里家外始终如一，永远滴酒不沾。当然，躲了清静，就要甘耐寂寞，二者不能兼顾。

悦　客

南方人讲究以茶待客，山东人则少不了以酒待客。俗话说，"君子之交淡如水"，但此话在山东似乎有些说不过去，山东人相信"君子之交浓于酒"。在山东人的骨子里，"淡如水"不掺杂功利成分，确实值得称道的君子之交，但遗憾之处是缺乏激情与精神自由；"浓于酒"不但渗透了豪气与激情，享受了劳顿或被动行为之后的精神自由，而且加入了友情和担当的内涵，这才符合山东人的秉性。

　　我有一个山东烟台的朋友，不知何时对茶文化产生了兴趣，她在广东、福建、云南一带看到茶饮市场别有情调，生意兴隆，回烟台后很快筹资开了一家品位不俗的茶楼，企望引领当地的消费新潮流，在清静、儒雅的天地间愉快地营生。没曾想，她精心策划和苦心经营的茶楼，开业两年不但分文未赚，甚至赔得血本难归，原因是很多客人一进茶楼看到无酒可喝，立马转身另寻去处。即使偶有几名客人耐下性子落座喝茶，往往不出半个小时，来客仍会忍不住大吼一声："老板娘，拿瓶酒来！"

　　我在南方本不喝酒，二十世纪九十年代因公从云南到山东客居，第一次在烟台乡下做客，就感觉山东人喝酒骨子里透露着豪放和真诚，你不响应说不过去。那次做东的是一位老农，听说我刚从南方来到山东，他满脸沧桑绽开了笑容，边聊天边不动声色让家人备好一桌酒席，看我刚有离意就热情邀我留步入席，说是尝一尝"农家饭"，让我不忍拒绝。其实那哪是"农家饭"，满桌菜肴半数是海鲜，无非是点缀了几个土豆、玉米、虾酱之类的庄户菜而已。落座后老农为客人和自己一一斟满酒，记不清那是什么酒了，但绝对是高度白酒。老农一句"欢迎到胶东农村做客"，举杯就一饮而尽。那是一个大杯，一斤白酒只能倒三杯，他咕咚一口下去，简直把我看得目瞪口呆，不知如何响应。犹豫了片刻，我只有鼓足勇气，一口气喝下了三分之一杯。

　　一股热流涌遍全身，一个幽灵不知不觉控制了我的神经，我只感到浑身灼热兴奋，飘飘然如游胜境，眼前的一切事物变得和谐美好起来，身体状况、风度举止、烦恼忧郁被忘得一干二净。

老农不断斟酒，举杯畅饮，我也跟随他频频举杯，大口畅饮，以此回报老农的真诚。那一刻，我从老农坦荡的眼神和领酒劝菜的一举一动中看出，他的心中只有客人，完全没有自己。晕晕乎乎中，我想到了孔老夫子的名言："有朋自远方来，不亦乐乎。"孔子是鲁国人，我隐约感到，眼前这位老农身上分明闪现着两千多年前山东先民的影子。

酒过三巡，老农显然有了醉意，举止行动有些不能自已。但此时只要我主动敬酒，他仍然毫不推辞，举杯便一饮而尽。显然，为了让客人尽兴，老农完全不计后果，哪怕醉倒酒桌也在所不辞。由此我寻思，难怪山东出了一群梁山好汉，出了个借酒打虎的武松。此时我宁可相信施耐庵讲的是真实故事，而绝非杜撰的文学作品。

那次做客令我终生难忘，也让我平生第一次领教了酩酊大醉的滋味。后来我才知道，那天老农比我醉得厉害，所不同的是，他是为了客人"一醉方休"，我却是深受感染后"自不量力"。

面对山东的酒风酒规酒矩酒文化，最好的办法是入乡随俗，抛却杂念，超脱回归。"兰陵美酒郁金香，玉碗盛来琥珀光。但使主人能醉客，不知何处是他乡。"李白当年浪迹山东兰陵（今枣庄），不就是以如此豁达的胸襟融入齐鲁大地，浇灭乡思客愁的吗？我在山东客居六年，慢慢领悟了一个道理：山东人尤其偏爱李白这样的性格，当主人的良苦用心得到不加掩饰的呼应时，一种潜在的价值就实现了。

随着时间的推移，我的脑海深处最终定格了一个似理非理的基本判断：从喝酒的做派上可以看出，好客的山东人仗义、靠谱，关键时候朋友有求于他们，他们大都会义不容辞，甚至两肋插刀！

仗 义

　　山东人仗义，可以透过行酒待客的做派风格看出来，也可以通过为人处世看出来。

　　现代史中有一个人尽皆知的红色故事：抗日战争最艰难的一九四一年，侵华日军对我山东根据地实施大"扫荡"，地处沂蒙山区沂南县牧马池村的八路军纵队司令部被日伪军包围，一名八路军战士在突围中身负重伤，被当地一名年轻的母亲冒险营救。战士因失血过多和严重缺水休克，生命危在旦夕，危难之际，正在哺乳期的年轻母亲毅然用自己的乳汁救活了伤员，直到送他康复归队，重返抗日前线。这位名叫明德英的妇女被后人尊称为红嫂，她舍生忘死并用乳汁救治八路军重伤员的所为，难道不是一种令人刻骨铭心的仗义吗？

　　山东人的仗义还体现在职业生涯中。在其位谋其政，吃苦敬业不吭声，认准的事豁出性命也要干出个一二三四，不撞南墙不回头。

　　有时候，这类仗义看起来平淡无奇，实则暗藏着令人折服的惊人毅力。孔繁森是一名山东聊城的援藏干部，两次主动进藏工作，在海拔四千七百多米的雪域高原默默奉献了十个春秋，直至以身殉职。我敢说，抛开他的十年业绩不论，单凭这四千七百多米的生存环境，就足以把知情者震慑得五体投地。未到高海拔地区尝试过生存活动的人，可能对这个高度的生命挑战毫无概念。有一年我到西藏采风，只在海拔四千多米的地带活动了三天，就被折腾得筋疲力尽，几近倒在雪山垭口。那三天三夜，我连一分钟也没睡着，即便吸氧、吃药也无济于事。当我头昏脑涨地拖着疲惫不堪的身体离开拉萨时，我不禁想起了孔繁森，忽然对这位逝去的山东人肃然起敬起来。仅三天时间我就从西藏高原败下阵来，而四千七百多米的十年折磨，居然没有把孔繁森的意志摧垮，这条山东硬汉的坚韧和仗义令人钦佩。

这两个故事本来与酒无关，但我却驱之不散地把它们与山东的酒文化联系在一起，感觉这是沉淀到血液里的东西，支配着一个人的习惯、性格和为人。冥冥之中，大杯饮酒的山东人身上透露着一股豪气，在亲友、同事和社会群体中相互感染、传播并传承着，久而久之，已植根成了一种潮流和风气，或者称之为正气，抑或叫阳刚之气，一旦在某种特定时刻就爆发出左右时局的浩大气场。当年我在山东当记者，就曾亲历过这样一种具有聚集效应的气场。

那年夏天，一名辽宁鞍山的持枪歹徒流窜到山东，在烟台海港枪杀了多名值班警察，被闻讯赶来的警民合力追赶，逃到一条大街上。沿街群众见有警察追捕歹徒，纷纷加入围堵行列，置生死于不顾，活生生把持枪歹徒驱赶到一个小店铺中，并把店铺团团包围。歹徒穷凶极恶，不断向店外射击，群众则用砖头、石块、酒瓶当武器猛砸歹徒，有人还爬上屋顶，揭下瓦片直击歹徒脑袋。歹徒见逃生无望，最后只得赌命认输，饮弹自绝，了结亡命生涯。亲历过那件事后我总是想，山东人的仗义，其实是要付出代价的，但是如果人人都愿意如此付出，世界就纯洁多了，光明多了。一群手无寸铁的群众路遇凶残的持枪歹徒，竟然毫无退缩，敢于群起围歼，与歹徒展开贴身肉搏战，这是何等的仗义，何等的大气凛然！这与媒体上披露的那些见死不救的冷漠现象反差实在太强烈了。

工作需要激情，创作需要激情，见义勇为需要激情，所有需要担当的关键时刻都需要激情。"葡萄美酒夜光杯，欲饮琵琶马上催。醉卧沙场君莫笑，古来征战几人回？"王翰的凉州词颂扬的勇士壮举，无疑为酒文化与肝胆侠义的关系留下了千古绝唱般的释义。在我的印象中，山东人喝酒、工作、做事往往是激情四射，这在大概率上是不争的事实。关键时刻命都可以不要，为了朋友多喝几杯酒算什么？

当然也有贪杯坏事的，但这在偌大的齐鲁大地是小概率事件。因为在正气绝对占优的山东，贪杯的酒鬼是要被列入群起而攻之的范畴的。

桎 梏

山东的酒文化也并非无病可挑。没有规矩不成方圆，但规矩太多就变成了桎梏。孔孟之道的大本营山东规矩繁多，君臣父子等级森严，在规矩面前不能越雷池一步，工作、生活如此，酒桌上也不例外，频繁深陷其中难免承受身心之苦。

我初到山东时外出应酬，以为按南方人的习惯随便找个座位一坐即可，谁知朋友不由分说把我拉到主人右手，说那个位子非我莫属。第二次我"自觉"往那个座位一坐，却又被请到主人左手就座，右边的位子则让给了一个身份比我更重要的人。几次下来我才明白，原来山东的餐桌礼仪非常严格，主人、客人必须在指定座位就座，自己不能随意安排，公务活动、朋友聚会概莫如此，官方民间几乎无一例外。

按照山东人的"铁定"规矩，圆桌面对餐厅入口的中心位置是"主陪"席位，即请客一方地位最高者的座位；"主陪"对面坐的是"副陪"，即地位次之的主人。这两个席位之所以冠以"陪"名，有其深厚的文化内涵。一个"陪"字，不仅把做东一方定位在陪同位置，谦恭中抬高了客人身份，同时也规定了就座者的服务角色。"陪"的首要任务是照顾客人，而非自顾自享用，客人能否吃好喝好完全取决于主陪副陪渲染气氛、调动情绪，尤其是领酒、劝酒的水平。主陪右手紧邻的位置是主客，左手是副客；副陪的右手和左手则分别是三四号客人。作为孔孟之道和中华礼仪的发祥地，这套餐桌规矩实际已成为国宴礼仪和各种机构招待会的座次规矩。

尊老敬贤，仪尚礼规，此乃山东餐饮文化对中华礼仪的一大贡献，但接下来的饮酒规则我却不敢恭维。饮酒品酒本来既是物质享受，也是意在追求自由境界的精神享受，所谓"乘物而游"，当然是"随缘自适"为佳。山东通行的酒风则不然，你想自由发挥，基本是"且听下回分解"之事。齐鲁大地公认的规则是：主陪敬三杯，副陪敬三杯，其余陪同人员每人还要再敬一两杯，十来杯酒下肚后，客人才有回敬的资格。而此时，酒量小的人早已被灌得晕晕乎乎，分不清东南西北，更有甚者恐怕已醉卧桌头了。

山东的酒文化远离自我世界，崇尚"相逢意气为君饮"的忘我境界，酒场是抗酒精过敏者的极乐世界，大酒量的英雄们如鱼得水，在觥筹交错中你来我往、循环反复，常常喝得忘乎所以、酒杯破碎、人仰马翻。此时如果主陪的地位不可撼动，或是酒量足以服众，才能收杯总结，让入席者把面条、水饺之类的东西倒入酒精浸泡的胃里。山东人把主陪的收杯叫作"说个话"。坊间流传着一则笑话，说山东某地有个领导中午做东请客，离席时已然半醉。此君接下来参加一个大会，就座主席台上，直到散会前仍似睡非睡、似醒非醒。会议主持人出于礼貌，轻轻拍了他一下，问道："领导，你还说不说？"此君一愣，以为是仍在酒桌，要请他收杯，于是大喝一声："我不说了，上饭！"

酒这东西，本来香气袭人，柔软多情，神奇可爱，但规矩多了，就演变成了紧箍咒，像无数锋利的刀子，控制了人的身体和灵魂。肆酒者，则异化成了酒精的奴隶。

清迈绝唱

在异国他乡听到一曲绝唱，肝肠寸断的绝唱，故事的主角是甜歌女王邓丽君。

旋律柔情似水，温婉缠绵，萦绕着让人遐思冥想的不解风情，还有一片驱之不散的千古迷云。当熟悉的旋律随晚风飘来时，我的确有些意外，这是在泰国啊，泰国人也喜欢邓丽君？

"小城故事多，充满喜和乐，若是你到小城来，收获特别多……"

那个熟悉的、柔和的、千回百转的金嗓音，缠绵在泰北古城清迈的街头巷尾，撩拨着世界各地的游人，把那些轻盈的脚步和袅袅婷婷的身影，融化进了行云流水的歌声中。

起初我还以为，自己正在国内的某一个城市闲逛。这声音太熟悉、太亲切了，熟到让人丢失了时空感，整个人都被音乐的旋律牵着鼻子走，就像歌手面带微笑与你交谈，让你享受她的亲和力，让你忘记烦恼，身心愉悦地迎接降临到身边的美好，不知不觉被她俘虏。于是我止步倾听，辨别着方向，循声来到灯火阑珊处。

一个工艺品商店，陈列着各种小摆设，木雕、脸谱、漆画、拐杖、奇石、扇子、烟嘴、首饰盒……林林总总。歌声从商品陈列架的播放器里传出，仔细看，旁边码放的碟片大都是邓丽君的歌集，无须说，店主是邓丽君的超级歌迷。

　　呆呆地站在柜台前，我脑海里的信息完全乱码了，所有关于音乐风格和地域传播的概念都处于不对称状态。邓丽君，一个地道的华人，演唱的语言是中国普通话，而歌迷却是泰国人，歌曲播放地远在泰北古城清迈。此情此景，缘何解释？

　　导购是两名美女，其中一位见我立于柜台前，表情专注看着货架，以为我有购物需求，于是反应敏捷地顺手拿了一个精致的木盒，用不太流利的中国话说："要这个？红木的。"

　　"你是华人？"我问非所答，想一探究竟。

　　"No, I am Thai."（不，我是泰国人。）美女用英语回答。

　　"哦，"我不置可否，又问了一句："你们也喜欢邓丽君？"

　　"喜欢，非常喜欢！"回答我的变成了两个导购，并且是异口同声。

　　我的英语不好，泰国导购的汉语也不流利，我们无法进行深度交流，于是我买了一套木盒碗垫，作为她们服务的回报，心有不甘地离开了商店。

　　冬季的清迈温暖如春，夜风拂面，街市游人如织。走不了多远，喧闹声中又隐隐传来一阵乐曲声，仔细分辨，声音中有节奏强烈的爵士乐，也混杂着轻柔的歌声，那歌声，分明又是邓丽君的金嗓音。歌声轻轻地、甜甜地婉转着，从爵士乐的音响中穿越而出，随风飘到了耳边。我本能地循声溯源，找到了播放音乐的商店。

　　爵士乐来自一个音响商店，店里陈列着五花八门的影碟机、功能放大器和音箱，音箱里震响的劲爆乐曲，就是吸引顾客的媒介。相隔两个店铺，是传出邓丽君歌声的地方，那是个服装店，以销售泰国民族服饰为主，也有中国的旗袍。邓丽君袅袅娜娜的声音，正从挂在店铺墙角的两个音箱里传出。

"去年元夜时，花市灯如昼；月上柳梢头，人约黄昏后……"邓美人缠绵的歌声余音绕梁，与满屋子的丝绸服装相互烘托，渲染出古风扑面的意境。我不知道店主是有心栽花，还是无心插柳，但此刻，我已感受到那份喧哗闹市中藏匿的静美。

那一夜，我漫步清迈街头，穿行于商业街区和餐饮夜市，才发现邓丽君的甜歌在清迈已根植民间，那熟悉的声音始终飘荡在街市的角角落落，《夜来香》《甜蜜蜜》《小村之恋》《在水一方》……一首首煽情的甜歌如山涧流出的泉水，倾泻在灯火摇曳的宾河两岸，滋润着古老的泰北名城，把个灯红酒绿的夜市搅动起一阵阵青春与生命交织的躁动。天才的年轻华语歌手，用她对音乐的理解和独特表达，拉近了不同国度、不同民族之间人与人的审美距离，浓缩了世界音乐的一段时空。

然而这一切的背后，隐藏着一个世人永远解不开谜的凄美故事。

邓丽君偏爱清迈，是出了名的爱，从二十世纪八十年代开始，她几乎每年冬春季节都要到清迈度假疗养，而且经常一住数月。邓美人在清迈的行踪不得而知，但与许多痴迷泰北地区的候鸟人群一样，到温润的清迈避寒，寻求世外桃源般的清幽生活，不能不说是一个共同取向。湄公河与萨尔温江滋润的泰北地区，常年雨水充沛，植被茂密，空气清新温润，满眼是棕榈树、杧果园、荔枝田和灌木野花。清迈古城更有泰国兰那王朝留下的历史遗迹，古城墙绵延逶迤，护城河流水淙淙，一座座殿宇金碧辉煌，令人宛若隔世。而与古城一河之隔的清迈新城，则是个繁华的小都市，步行街华灯璀璨，小街巷酒吧林立，美食街芳香四溢，顾客盈门，处处感受得到时尚生活的包围。因此，在清迈度假，人们几乎可以寻觅到理想中的任何所求。难怪邓丽君爱上清迈就一发不可收。

离清迈夜市不到两公里的地方，有个绿荫环抱、鲜花盛开的酒店——湄宾（MAE PING）饭店，邓丽君每次到清迈度假，都选择在这里下榻。那天，我们在湄宾饭店的露天吧预订了一顿晚餐，特意去寻觅邓丽君的昔日踪影，酒兴未起，就已浓浓地感受到了无处不在的邓丽君情结。

太阳西沉，月上树梢，晚餐在花廊环绕的园林中开始，串串高悬的小灯像满天的星光闪耀，溢出泡沫的啤酒杯觥光交错，轻柔、舒缓的邓丽君歌声响起来，人们边品尝泰国美食，边聆听导游讲述邓丽君的清迈故事，星光之下，挥之不去的邓丽君笑脸和她那清丽的愁容，在人们心中叠映出一幕幕甜蜜、青涩的幻觉。

二十世纪九十年代，正值歌唱艺术鼎盛时期的邓丽君，忽然远离亿万歌迷和镁光灯的追逐，从公众视野中消失。当人们众说纷纭，猜测这位单身玉女的去留，到底是感情挫折还是疾病缠身躲避世人的时候，她却在法国男友的陪伴下，现身泰国清迈的湄宾饭店，下榻于十五楼的二号房间，过起了半隐居生活。

消息不胫而走，歌迷们追寻着偶像的行踪，想象着这位超级女歌星与众不同的清迈生活，以为她每天在绿荫环抱的酒店睡到自然醒，然后到古迹频现的山野踏青，前往深山庙宇进香求佛，呼唤心灵的回归；或到杧果飘香的花园餐厅，品尝柠檬味十足的泰国菜；也许会漫步在民族工艺品夜市，悠然自得地闲逛；如果走累了，她还会去泡个温泉，也会去享受服务上好的泰式按摩，让疲惫的身躯彻底放松。总之，歌迷们唯愿心中的偶像悉心调养，愉快生活，早日重返歌坛。

然而，这些善意的猜想和祝福没有得到任何回应，歌迷们翘首以盼等来的，竟是不堪想象的沉重一击！

时钟回拨到一九九五年五月八日。下午四点左右，湄宾饭店1502房间忽然传出一阵敲打门板的声音，饭店服务生闻讯赶去查看，发现身着便装的邓丽君面如纸色，正艰难地大口喘息，陷入危急的病痛中。服务生唤来工作人员，边简单施救，边叫了出租车，把邓丽君转送医院抢救。然而，当出租车抵达不远处医院的时候，突发疾病的邓丽君已经停止了心跳和呼吸。

还是那一袭短发，还是那张青春洋溢的娃娃脸，四十二岁的甜歌女王从此永远睡着了。一颗歌坛巨星在夕阳西照的清迈街头无声地陨落。此时大约是当地时间下午五点半。

邓丽君是由于哮喘病突发，导致心衰而撒手人寰的，她发病时孤身一人，甚是凄凉无助，与昔日鲜花掌声的包围形成了鲜明反差。当地人盛传，此前她与男友发生过争吵，男友掉头外出，直接导致了邓丽君的痼疾爆发，魂归西天。然而伊人已去，旧友离别，红尘滚滚无休，这偶然的离奇传说，只能是一个永远解不开的谜团，成为人们感慨青春苦短、红颜薄命的纠结话题。

　　听完邓丽君的清迈故事，湄宾饭店花园餐吧一片沉寂，借着暗淡的星光，我隐隐看见，手举酒杯的人们个个陷入了幽幽沉思，半晌无声。在昔日邓丽君款款漫步的地方，在飘荡着情之切切甜歌的绿荫下，天才歌女的英年早逝使大家忧从中来。

　　"无言独上西楼，月如钩。寂寞梧桐深院，锁清秋……"有人轻轻吟唱起了邓丽君的《独上西楼》。情系美人，魂牵梦绕，本来就被词人李煜渲染得愁绪情浓、哀婉悲切的歌，此刻变得更加煽情，让人备感忧郁和哀怨。

　　我暗自离席起身，来到花园一角人流渐稀的树荫下，举首遥望湄宾饭店的大楼。月色星光下，邓丽君下榻过的 1502 房间依然橘光映照，燃烧着温情和神秘。今夜，不知是来自世界何地的哪一位邓丽君迷，又怀揣青春残梦居住在此，了却朝思暮想的邓丽君情结。但我知道，为了重温甜歌女王曾经带给他们的幸福时光，无数的邓丽君迷正在排队等待入住湄宾饭店 1502 房间。旅行社的工作人员说，邓丽君的影响至今仍超乎想象，预定这个房间需要提前半年。

　　这是真正的邓丽君迷，他们的精神世界永远与美人歌手相通相惜，相伴相依，他们的青春韶华始终魂系邓丽君的音容笑貌、唯美旋律和理想境界。在他们心中，圆脸短发、笑容可掬、温情可人的邓丽君永远青春依旧，与泰北名城清迈的青山、绿水、街市同在，与湄公河流域的阳光、雨露、空气共存。

　　但毕竟美人已香消玉殒，"好花不常开，好景不常在；愁堆解笑眉，泪洒相思带……"正如七十年前金嗓子周璇曾经演唱过《何日君再来》一样，邓丽君步周璇后尘倾情演绎、缠绵吟唱的这首伤情之歌，如今依旧在美人长眠的清迈上空飘荡萦回，打动着无数人的心。所不同的是，这首令人幽思不散、愁绪绵延的经典老歌，此刻恰恰诠释了人们对薄命天才歌女的惋惜之情，怀念之意。"今宵离别后，何日君再来？"不但变成了邓丽君的清迈绝唱，也成了世界各地的邓丽君迷们肝肠寸断的呼唤。

西藏，你神秘得

令我费解

世界上没有去过的地方很多，但最想去的地方是西藏。

冰岛、阿拉斯加、马赛马拉、南极……那些充满诱惑力的旅游目的地或尚未开发的处女地无论多么遥远，但只要咬咬牙，攒足钞票就能成行。

秘境西藏则不一样，高原缺氧首先是拦路虎，阻止了许多人朝思暮想的脚步。有人做了半辈子进藏梦，然而当他备足行装，怀揣梦想，兴奋异常地刚一飞抵拉萨，就因身体严重不适被送往医院打针吸氧。于是，隔着车窗玻璃匆匆看了一眼日思梦盼的布达拉宫，手持便携式氧气筒的不速之客只有无奈地登上返程的飞机，永远告别了天路迂回的世界屋脊，告别了神奇的西藏。他们认识了红景天、高原安和氧气的作用，却再也领略不了西藏的神秘与壮美，享受不到雪域高原洁净的空气和伸手可触的蓝天白云带来的美好心境。

我去了，尽管我曾经在冬季的青海湖边和深秋的川西稻城遭遇过两次高原缺氧的危险，但我还是抱着死了也心甘的决心登上从成都飞往西藏林芝的航班。不去西藏我肯定会患上心病，永远不爽。很久很久了，有一个朋友的话一直在刺激我，他说，看过西藏的风景，再看任何地方都不会激动了。他是天堂杭州的人，我相信他那平静的口吻中流露的真言。

一脚踏上西藏的土地，天堂客的话被证实了。

雪　山

　　那个若隐若现的白色精灵到底是雪山，还是天外来客？站在海拔 5000 米的山口仰望南迦巴瓦雪峰的时候，我激动得几乎快窒息了！那简直不像是一座雪山，而是高耸在蓝色天际的白色金字塔。

　　太高了，高得超乎想象，高得让人心生敬畏，高得让人不敢相信那是一座由泥土、沙石、溪流、植物和冰雪构成的实实在在的山峰。此刻，我站在世界屋脊之上，看喜马拉雅群山青雾缭绕，群山之巅是变幻无穷的白云，云端忽然升起一座白色的雪峰，在金色夕阳的余晖中熠熠发光，变幻着梦幻般的轮廓，高高的尖顶直插遥远的蓝色天穹……那一刻，如果不是山风吹得寒意袭身、脸颊刺疼，我肯定以为那是一种幻觉，以为是一个巨大的天外来客，或是一个魔力无限的精灵，降临到了神秘的天地之间。

　　遥望云雾缭绕的蓝色天宇，凝视银光闪闪的南迦巴瓦雪峰耸立于喜马拉雅之巅，有如欣赏一位身披银装的巨人勇士，昂首挺胸傲视群雄，向四野放射着征服一切的光芒。我赞叹，地球是如此美丽，世界是如此神奇，而此刻的人是多么的渺小，渺小得无足轻重，除了梦幻般的想象力神游在云里雾里外，平时锻造锤炼、蕴蓄聚集、顿悟升华起来的意志力、征服欲和所有人性的光辉，似乎都在一瞬间烟消云散、丧失殆尽了。

　　痴迷的观望之间，雪峰忽然又变成了一位身披婚纱的、俊俏妩媚的待嫁新娘，温柔羞怯而仪态万方，容光焕发得让人心生醉意，仿佛一部童话向你奔来，一个故事在蓝天上讲述，所有声音都在说，远处的白色巨人是一个超凡脱俗的公主，是一个不可一世的美人，是一切社交场合毋庸置疑的主题，是人文风景举世无双的亮色。总之，她的美丽和高傲让人敬畏有加，甚至让你想对她顶礼膜拜。

漫天飞舞的树叶挡住了视线，山风像冰片贴在脸上，耳朵如同被无数的小针扎了一把，幻觉终于消失了。我知道，遥远的前方那个美丽无比的白色隆起物的确是雪山——世界屋脊西藏的雪山，我日思梦盼的雪山。与风云和星河做伴，它藏匿于天界、神界，任天翻地覆，看日月恒辉，享万物相拥，雪山啊雪山，你已永远潜入我的心中！

神思飞扬之际，耀眼的雪峰不知不觉由银色变为金色，忽地又变成褐色、紫色……然后转瞬从灿烂的蓝色天际消逝得无影无踪，就像至高无上的天神光顾人间、探视凡民后，浩然转身离去，藏到了无人知晓的天宫秘境。

最后一抹夕阳沉落到了喜马拉雅群山深处，胭脂色的天穹逐渐失去了诱人的光辉，树欲静，云聚散，雾升腾，生机勃勃的世界屋脊变得寂静无声，唯有远行的车灯向山弯树林投下游雾笼罩的光柱。车灯照射处，但见山路边竖立着一个醒目的广告牌，上书："南迦巴瓦：世界上最美的雪山！"我相信，这句话绝对没有夸张。

后来，在前往拉萨的曲折山路上，在沿青藏公路奔赴藏北牧场的旅途中，无数雪山像白色的战马向我浩浩荡荡奔驰而来，令我始终处在亢奋之中。我用变焦镜头忘情地、痴迷地、疯狂地把它们收入屏幕，储存在数码卡和记忆的脑海深处。我吃惊，在西藏的 5 天时间，天天观赏雪山，竟然没有感到一丝审美疲劳；整日奔波在海拔四五千米的缺氧地带，我却奇迹般地躲过了高山反应的危险。雪山，给我带来了意想不到的运气。

然而运气并非每个人都能得到。为了征服海拔 8093 米的安纳布尔纳峰，半个世纪以来，世界各地的 130 多名探险者试图登临位于尼泊尔北部、喜马拉雅中段的这座神奇雪峰，结果有 53 人不幸命丧途中，永远深埋在美丽的冰雪之下。令人不可思议的是，更多的人把登临这座"杀人峰"作为一生的梦想和追求，做好了献身蓝色冰雪世界的准备，踏着殉葬者曾经开辟但顷刻又被冰雪覆盖的死亡之路，继续向安纳布尔纳峰发起了新的登顶冲击。

蔚蓝的天空下，冰雪泛着蓝光，只有到过喜马拉雅的人才知道，圣洁的雪山在太阳的照射下是蓝色的，幽幽的蓝色，美丽极了。宇宙的蓝光被冰雪接纳，融入冰雪的躯体和灵魂，它向人们透视着纯洁、坚贞和旷古的永恒，它是一种失去了的精神或境界的象征。我相信，那些痴迷的、勇敢无畏的攀登者并不都是为了科学前去冒险，而是有一种高尚的、纯洁无瑕的、超凡脱俗的精神在召唤着他们。

圣洁的雪山，令无数游人钦慕向往，让无数英雄豪杰止步折腰。为了一睹它的雄姿，领略它的壮美，探究它的奥秘，一批旅游者携带氧气和抗缺氧药物从四面八方汇集到秘境西藏，涌向云雾缥缈的茫茫雪山；一队队攀登者前赴后继，踏着摇摇欲坠的冰面向至高无上的珠穆朗玛、希夏邦马、干城章嘉峰、南迦巴瓦峰发起接力似的攀缘挑战，任凭狂风肆虐、冰石滚落、雪崩突起，他们一次次越过坠落深渊的恐怖，怀揣各色不同国度的小旗，为遥远的亲人留下最后的嘱咐，抱着一个超度世俗的、不可思议的伟大信念，义无反顾地投向了神秘莫测、纯洁无暇、人迹罕至的雪海冰原。

这就是雪山不可理喻、无法抗拒的魅力。高高的雪山，渺远的雪山，浩荡的雪山，美丽无比的雪山，千呼万唤难出来的雪山，人类现实和梦幻中不可或缺的雪山。

当南极的冰川不断萎缩，太平洋的海水缓缓升高；当北极的冰面发出破碎的爆裂之声，北极熊挪动笨重的身躯在水中挣扎，苦苦寻找救命的栖息之地；当喜马拉雅群峰的雪线不知不觉向上攀升、再攀升，贡嘎雪山、玉龙雪山上的冰川年复一年在消融；当日照金山的神奇景观越来越难寻觅，蓝色的地球，你还会如此多娇吗？

站在高高的世界屋脊上，任凭思绪与变幻莫测的风云交织混杂，一直处在幸福与激动中的我不免有些伤感起来。

湖　泊

小伙子穿一身老式对襟衣，手拉牦牛缰绳往前走，不时深情地回首看一眼春风满面的新娘；身披洁白婚纱的新娘骑在牦牛背上，用一种无限期待的眼光眺望着远方。远方是深蓝色的纳木错湖水和连绵起伏的雪山，一群候鸟扑腾着翅膀从水面掠过，溅起了一串晶莹透亮的水花，在阳光下反射出令人炫目的斑斓色彩。

内地人的结婚照选择到纳木错拍摄，与其说是别出心裁，不如说是追求心灵的回归。1900多平方公里的西藏第一大湖纳木错是一道举世无双的风景线，壮美的天造奇景与超凡脱俗的人文图画完美结合，把蒙古语称之为腾格里海的天湖演绎成了美丽神圣、纯洁无瑕的化身。

湖水蓝蓝，白云悠悠，雪山绵绵，空气洁净得使天穹变成了一块透明的调色板，视线中的所有物体都还原了自然、纯真的本色，遥远的海之尽头，山与水的分界线如同用巨型尺子丈量着描画过一样地笔直，乍一看，震撼中的你还以为是电脑里加工出来的一幅精美动漫图画，从另一个世界蓦然飘到了眼前，让你怦然心动，叹为观止。

藏语把湖称为"错"，纳木错即纳木湖。此刻我立于湖边，心醉神迷地遥望四周，看一座座雪山在蓝玻璃似的湖水尽头起舞，柔软的白云像堆积的棉花挂在天边，或像马尾一样甩到空中，扫来扫去，平坦的草地好似一块块巨型地毯向四野铺展，在阳光下不断变幻着色块，珍珠般的沙粒从金色沙滩上缓缓弥漫到湖心……赏心悦目的沉醉，把世俗的一切奢望和烦恼忘却得一干二净。

什么也不想，什么也无须想，只有静静地陶醉、释怀和彻底放松，抑或可以叫发呆。这种发呆绝不同于往事如烟的发呆，而是被蓝色星球缔造的美丽深深感动的发呆。我只反复听到一个赞美词语——太美了！太美了！湖边的游人全都无一例外地流露出这句赞叹，絮叨而不累赘，平庸却很贴切，仿佛除了这个简单的词语，天底下再也找不到赞美的替代品，一切华丽的语言到这里统统变得多余或掺杂了造作的成分，全都变得苍白无力。于是脱口而出，我也由衷地赞叹：太美了，纳木错！

美能征服一切，左右一切，统治一切。在纳木错，4718 米高的美丽天湖不但统治着人们的思维和嘴巴，也统治着人们的眼睛、表情、脚步、心脏、汽车轮子和照相机。云流动，风静止，影如梦，透明的光影世界，唤醒了休眠的童心，点亮了冰清玉洁的灵魂。

陶醉在湖泊、忘情于湖泊、感动在湖泊，其实在西藏，还要说感知、认知也在湖泊。以前以为湖泊都是灰蓝色的，或者是灰绿色的，到了西藏才知道湖泊是深蓝色的，比远洋时的大海和雨后的天空还要蓝，就像从油画颜料里直接挤出的那种深蓝，没有经过任何调色，只是任凭你想象，有一只无形的巨手铺天盖地把它涂抹在地球上，展示在银河中。

西藏还有绿色的湖泊。是的，透明的绿，翡翠般的绿，绿得让你看上一眼，就由表及里感觉得出湖水的甘甜，直想马上掬一捧送入口中，让它溢满口腔，沁人心脾，或是跳进湖里肆意享受一下湖水对肌肤的抚摸和滋润，总之，所有生命力的彰显和感知似乎都能够从这片灵动的绿色中找到答案。太神奇了，这无须任何夸张，藏东工布江达县境内的巴松错就是如此迷人的一个绿色之湖。

进藏前，我曾经在脑海里描画过一幅西藏美景的理想画面：雪山、湖泊、森林、草地……"所有这些高原美景的要素，能否在西藏找到一个集中展示的地方？"我好奇地问一位跑遍了西藏的新闻记者。他沉思了片刻后说："有，巴松错。"

　　果然，我见到的巴松错与我调动一切审美经历在脑海中勾画出的理想精神家园相差无几：远离喧哗的宁静，曲曲弯弯的小路从草甸穿过，野花像天上的星星一样多，郁郁葱葱的森林环绕着明镜似的湖泊，森林之上是白雪皑皑的群峰，雄鹰展翅在山腰翱翔。这时，面对蓝天白云做一下深呼吸，自由自在地放飞美好心情，沁人心脾的感觉就像久旱的土地一朝迎来雨露甘霖，幸福的体验如同电流般畅快地传遍全身每一个细胞。没错，巴松错就是西藏风光的化身，是詹姆斯·希尔顿描画的世外桃源，是安徒生童话里的美妙世界，是无数人向往已久、追寻已久的香格里拉。

　　要说没有想到的，就是巴松错的水。雪流与山泉汇合，苍翠的森林与如黛青山的辉映，造就了巴松错26平方公里流动的翡翠。那绿，绿得晶莹剔透，绿得养眼舒心，一眼就能看穿七八米的水体，水中的鱼儿、水草就像微距摄影作品里的物体那样清晰可辨，使我联想起玉器商店里透明的佩件，只要你把那佩件捧在手上，就会爱不释手，再大的价钱也想买下。然而佩件只能装饰一个女人，巴松错却可以装饰整个世界。所以我寻思，能到巴松错享受如此绮丽的美景真是一种奢侈，比爱美的女人奢侈一千倍。

　　不过，巴松错的绿色之美并不是我的独特发现，结束西藏之旅回来查阅资料时我才得知，这个伟大而朴实的发现首先要归功于喜马拉雅山民，巴松错在藏语里的意思，就是"绿色的水"。据我观察，巴松错的绿与湖泊周围遮天蔽日的原始森林有关，洁净、透明的湖水像一面巨大的镜子，把环绕巴松错的高山上苍翠碧绿的光影收入明镜，天造了这个海拔 3600 多米的如诗如梦湖泊。如果用汉语为它取一个名字，我想应该把它叫作"翡翠湖"更为贴切一些。

西藏的湖泊是宁静的湖、透明的湖、纯洁无瑕的湖，如今，在人类居住密集区的一片片水乡泽国纷纷被污流侵蚀后，这些美丽的湖泊已成了我们这个蓝色星球最后的风景。走近她，感受她的神奇与超脱，邈远与深邃，多情与温柔，我仿佛捡回了童年的梦，寻觅到了一处静谧的、甜美的心灵港湾，一如外出奋斗折腾得筋疲力尽的游子，歇息在劳累人生旅途中一处理想的、无比幸福的驿站。

殿　宇

一台尼康 D300 数码相机，一个 18 ～ 200 的镜头，想把布达拉宫的雄伟壮丽一览无余。起初我相信能够做到这一点，因为深秋慷慨地赐予了西藏高原金色的阳光和洁净如洗的蓝天白云。然而在拉萨待了 3 天，跑遍了布达拉宫周边的理想之地，两次清晨，两次黄昏，我却始终没有拍到一张满意的照片，最后只有放弃作罢，留下了注定是永久的遗憾。直到现在，一口气爬上 6 层楼寻找拍摄角度时的心跳，似乎还在拍打我的前胸，伴随着狼狈的气喘吁吁。

其实，当我把拍到的照片展示给同伴看时，得到的评价全都是褒奖或鼓励。"真漂亮！""好雄伟啊！""不虚此行！"……

不过，面对赞誉之声，我的心头却弥漫着驱之不散的缺憾。在我看来，无论照片的角度再独特，光影再讲究，画面仍然缺乏冲击力，它与拉萨玛布日山上那座金碧辉煌的建筑群所释放的威严和神秘感相比，始终存在一种心理视觉上的差距。想来想去，这大概是布达拉宫的震慑力影响了我的审美评判，对，心理上的审美评判。震慑力是拍不出来的，你绝对拍不出来，甚至用口和笔也描述不出来。

　　殿宇的外观如此，殿宇内部的神秘你就更拍不出来了——当然，进入布达拉宫是禁止拍照的。佛的至高无上你能拍出来吗？殿宇的空灵感你能拍出来吗？虔诚信徒超度自己的心思你能拍出来吗？不能，打死也不可能。

　　117 米高的宫殿建在海拔 3700 多米的世界屋脊之上，比动画片中诸神出没的古堡夸张得多。布达拉是什么？是普陀罗，梵语的音译，观世音神居的舟岛，你懂也好不懂也好，只要听到经堂里"南无部部帝唎"之类富有音响共振的诵经词飘飘欲仙，就足以在云里雾里穿行一阵子了。东南西北还未分清，闻者又被 1300 多年前的一段千里姻缘故事点击到大脑搜索的关键词，神游起了松赞干布与文成公主下榻的寝宫。山下有文成公主亲手种下的柳树吗？都说那些古老的柳树就是"公主柳"，每一株都是文成公主的化身。

　　一束耀眼的白光透过厚重的窗棂照进殿堂，在佛像、宝莲、经幡、唐卡、藏毯、贝叶经及宝瓶之类的物体上反射出幽幽的光亮，把一个个游客弄得晕晕乎乎。更有 3721 公斤黄金和上万颗珠宝构成的五世达赖灵塔香雾缭绕，连同明清皇帝封赐历世达赖喇嘛的金印、金书、玉册、珐琅、工艺珍玩等传世宝物，不由分说把你拖入史书与科幻小说编织的网状迷宫，想找到出口都难。

超现实的画面有如决堤的洪水席卷而来：一个旅游团队在小黄旗的带领下，吵吵嚷嚷登上了布达拉宫的石梯，就像秋天打谷场周围偷食的麻雀一样叽叽喳喳乱作一团。然而当他们一脚踏进大殿高高的门槛，叽喳声立即戛然而止，取而代之的是肃穆中的一片沉寂，偷食的麻雀个个"鸦雀无声"，只有移动的脚步和衣裙发出窸窣的声响。没有人提醒他们禁止喧哗，也没有人让他们收敛笑脸，但他们无一例外变得表情严肃、眼神专注，连咳嗽都要尽量压低声音。一个年轻的母亲虔诚地跪到蒲团上拜佛，她那六七岁的男孩也乖乖地模仿着她，跪到另一个小蒲团上，口中念念有词祈求着什么，叩首的神态和母亲一模一样。

宗教的力量有多大无法丈量，但我知道，进入西藏佛教殿堂的人并不是每个人都信佛。但无论你信与不信，不管你是男是女，也无须知道你是善人还是恶人，到了殿堂你都要变得老老实实，虔诚无限，一种看不见的力量化作一个声音悄悄在说：洪福也许在等待着你，但你若轻举妄动，一定会粉身碎骨！

大昭寺门前，挤满了磕长头的男女信徒，不知是因为活佛转世的"金瓶掣签"仪式历来在这里举行，还是文成公主从大唐长安带到吐蕃的释迦牟尼12岁等身像在殿堂里向他们发出召唤。只见他们双手合十，虔诚地吟诵着听不清的六字真言，轮番匍匐在地叩首祈求，然后起身继续双手合十，再次匍匐下地，周而复始轮回着同样艰难的动作。信徒身边堆放着过夜的行李，据说磕一次长头需要持续好几个月，他们风餐露宿，无怨无悔，把身体和灵魂一并交给了看不见、摸不着的那个主宰，以今生的痛苦换取来世的幸运。

强烈的阳光下，橘黄色的袈裟在拉萨街头晃动，勾勒出另一道独特的风景。哲蚌寺里，年轻的僧侣手捧时尚的手机，像凡人一样玩着短信拇指游戏；色拉寺门前，两名僧侣骑上一辆崭新的摩托车，一溜烟消失在马路尽头。

山外的雪域荒原大风呼啸，一个个信徒沿着崎岖的山路磕着长头，艰难地向拉萨一步步靠近。有人经过数月匍匐前行，幸运地抵达了心中的圣地；有人经不住天寒地冻和病痛的折磨，抱憾永远长眠于朝圣途中的冰雪荒原，在期盼与无奈中了却了超度的心愿。神秘的西藏，你令我费解。

大昭寺的金顶在夕阳下闪耀着金光，八廓街的人流顺时针涌动着，藏族人手中的转经筒也顺时针不停地转啊转，嗡嗡声回荡在老式藏房周围，仿佛这条迂回的转经路具有一股看不见的强烈磁场，磁石般吸引着朝圣者的心，拉动着他们的意志和灵魂。远远地，我似乎听到一首藏族歌谣从天外飘来，若隐若现的声音凄婉、颤抖而迷离：

> 黑色的大地我用身体量过，
> 白色的云彩我用手指数过，
> 陡峭的山崖我像梯子一样攀过，
> 平坦的草原我像经书一样掀过……

古城遗梦

星光满天的时候，我踏着青石板路，独自一人在丽江古城的小街上徘徊。是的，那不叫散步，只能叫徘徊，因为我的心情有一种说不出的忧郁和凝重。

记不清这是第几回了，每次来丽江，我都想离开同伴，独自一人到古城漫无目的地走一走，听听风铃叩击心弦的古音，看看若明若暗漂流远去的河灯，任凭思绪在石桥、柳絮、灯影和格子门的交替轮回中静静地流淌一番，直到喧嚣的水巷重归于静，川流不息的小街又回荡起雪山流水汩汩的清音。

我深深地迷恋着丽江，是因为它磨损了的、发光的青石板路和木板房，重又勾起了我对已经磨损了的孩提时代的温馨回忆。走在曲曲弯弯的古城小街上，踏着八百年前铺就的石板路，儿时昆明老街连片的格子门商铺又浮现在我的眼前，那些带水井的小巷中响起的充满童稚的笑声，又时断时续回荡在我寂静无声的心灵世界里。而今，丽江古城依然续写着茶马古道的故事，昆明古城的影子却早已随着建筑森林的蔓延和夜不闭户淳朴民风的消失而荡然无存了。

二十世纪六十年代以前的昆明老城，也是青石板、木板房和淙淙溪流构成的梦幻组合，街头巷尾遮阴的大青树，小巷里长满苔藓的水井，青瓦起伏、门枢转响、廊柱迂回的四合院，在我记忆的河道中不断地奔流闪现，我一直觉得老昆明就是一个放大了的丽江古城。记得我家居住的翠湖南路边有一条洗马河，景致与丽江古城里流淌的小河极其相似，我时常光着脚丫从一个名叫剑川会馆的四合院中溜出来，沿着芳草萋萋的河边铺就的石板路，好奇地、茫无目的地向远处疯跑，直到跑得筋疲力尽，才被缠着小脚的外婆在河边发现，一路絮絮叨叨把我拉扯回家。有时候，外婆心疼我疲惫的模样，掏出一块蓝手帕擦干我脸上带盐的汗渍，背起我蹒跚着往家走，而我一趴到她温暖的脊背上，顷刻间便呼呼睡去，等我一觉醒来，家里的煤油灯早已点亮……

　　风铃叮叮当当地响起来，悦耳的金属碰撞声顺着水巷向远处流淌，轻轻撞击在拐弯处的木楼板壁上，重又掉头向挂满风铃的店铺方向回荡。此刻，我静静地站立在丽江古城的一座拱桥上，目送摇曳的河灯在倒影斑斓的远处消逝，视线中的丽江又变成了记忆里的老昆明，水巷石板路上穿梭的人群中，蓦然又闪现出父亲、母亲和外婆身穿蓝布褂的熟悉身影。

　　大约在我上小学的时候，我们家从昆明洗马河边的剑川会馆搬到附近一个名叫"一丘田"的弯曲巷道中，一住二十多年。那时，巷道里只有一个大院有水井，家家户户做饭、洗衣都要到大院里挑水，每当我放学回家，总是碰见父亲挑着一对装满井水的木桶，晃晃悠悠从百米外的那个大院走出来，沿着青石板路拐到我家土墙斑驳的小院中；母亲则在一间转身都困难的厨房里不停地忙碌，不时用手臂擦擦额头的汗水，慈祥地看着身背书包的我微笑。狭小的天井里，一股股饭菜清香混杂在白雾朦胧的水气中，透过厨房木楞纵横的窗棂，飘洒到小阁楼油漆脱落的四壁，引得饥肠辘辘的我直流口水。后来，家里的土制煤炉换成了带烟囱的铁皮灶，担水的木桶也换成了铁皮桶，而父亲的黑发渐渐染上了白霜，挺直、伟岸的背影开始变得佝偻起来；母亲年轻而清丽的脸庞上，也不知不觉爬上了条条皱纹；外婆则越来越老态龙钟，连出门都困难了。有一天，在一所半工半读学校里住校的我回到家中，忽然心酸地发现，生活的重担压得长辈们满脸愁容，伴随着我们儿女们渐渐长大成人，外婆和父母携手点燃的亲情烛台，在温馨地燃烧了半个多世纪后，已接近蜡炬成灰了。

一九六九年二三月间，当一场倒春寒降临昆明的时候，我们兄弟三人作为知识青年，相继离开"一丘田"的小阁楼，远赴外地"插队落户"或打工就业，清贫而温馨的家庭一朝离散，外婆和母亲从此卧病不起。几个月后，母亲、外婆先后病故，小阁楼里只留下年迈的父亲独守空房。那一年夏天，正在滇西一个建筑工地干活的我请假回家奔丧，一脚踏进那个土墙斑驳、瓦片残缺、四处漏雨的小院，就被眼前的凄凉景象惊呆了：昔日热闹的小院变得死一般沉寂，山墙上的几盆兰花长满了杂草，一向刮胡子的父亲留起了长长的白胡须，原先清癯的面孔更加消瘦，浮肿的眼眶周围刻上了无数深深的皱纹，五十多岁的父亲看上去已像一个七十岁的老翁，令人欲哭无泪。

探亲的那几天，我待在家里哪儿也没有去，不是六神无主地在小院门口的石板路上徘徊，就是躲到阁楼里看着外婆和母亲出入的房门发呆，心中怎么也接受不了两个亲人撒手人寰的事实。我的举止和情绪让父亲揪心不已，他整日一句话也不说，只顾一遍遍擦洗着阁楼嘎吱作响的楼梯和油漆脱落的雕花木栏。夜里，我隐隐听见父亲喃喃吟诵着李煜的《虞美人》："春花秋月何时了，往事知多少？小楼昨夜又东风，故国不堪回首月明中。雕栏玉砌应犹在，只是朱颜改。问君能有几多愁，恰似一江春水向东流。"那声音婉转而又缠绵，在静夜里娓娓飘荡，显得格外凄清。听着父亲的吟诵，想到外婆和母亲再也不能与我们相见相聚，我不禁悲从中来，躲在被褥里抽泣起来。

探亲的时间很快过去，与父亲告别的时候到了。那天一大早，父亲翻遍衣袋和橱柜，搜出一叠揉皱了的零钱，到菜市买了几样菜，准备为我送行。母亲和外婆去世后，家里为办丧事欠了许多债，生活非常拮据，为了让我感受到家庭尚存的一丝温情，父亲特意为我做了一个红烧肉和一盘凉拌藕条，还买了半瓶散装白酒点缀气氛。我至今仍记得那凝重的一幕：菜饭摆上桌后，父亲一句话也没说，拿出酒杯满满斟了两杯酒，一杯递给我，自己默默拿起另一杯，凝神环顾了一下冷清的小院，起身把杯中酒缓缓洒到了地上。那一瞬，我清楚地看到，刚毅的父亲默默闭上眼睛，使劲克制住自己，才没让闪现在眼眶里的晶莹泪珠掉下来。

"吃吧，菜凉了。"父亲招呼我，自己却一直不动筷子，忧郁的双眼依然盯着苔藓依稀的小院。看着无助的父亲，我忽然意识到，陪伴我度过童年和少年时代的那个温馨家庭从此已经解散，清贫但不乏欢声笑语的小院也已成为昔日梦幻，外婆和母亲的关爱将一去不返，孤独将长期陪伴年迈慈祥的父亲……想着想着，我的心头一阵紧缩，两行辛酸的眼泪禁不住顺着脸颊刷刷刷流了下来。

……月明星稀，夜色朦胧，丽江古城的水巷杨柳依依，波光晃动，串串灯笼在微风吹拂下轻轻摇摆，夜已深，天渐寒，但水巷两侧的茶楼和酒吧依然灯火阑珊。我孑立在石桥边，目送一盏盏河灯放进汩汩清流，把浓浓思念融入燃烧的蜡烛，随朱红的纸船顺流而下，一直飘到黑夜的尽头。流连在若明若暗的水巷古道上，我依稀感到，烛船又把我带回到了"一丘田"那个破旧而温馨的小院：油漆斑驳的雕栏边，外婆在油灯下一针针、一线线为我纳着鞋底，母亲用木炭火烤着一个香喷喷的大饼，父亲吟诵着"床前明月光"的诗句，把一盆溢满清香的兰花摆放到屋檐下……

当泪水模糊我凝望的视线时，我又一次感慨：时光不能倒流，生活无法复制，人生有价值的东西一旦被无情地毁灭，惋惜早已变成抽刀斩水、举杯浇愁。此刻，我的思念是破碎的百味瓶，是决堤的泄洪水，是剪不断、理还乱的一团无序经纬，所有期盼、梦想、遗憾、悔恨、感悟交织混杂，在迷惘的心海里升腾起无边的雾障，遮蔽了我痴情回望少年往事的模糊画面。

一曲洞经音乐从远处的巷道中颤抖着传来，苍凉、凄清的古琴、二胡和铜铃碰撞声缠绕着我，把我思念的愁带越拉越紧。我仿佛听见，伴随着时断时续的洞经音乐旋律，父亲又在吟诵那首令人肝肠寸断的《虞美人》，这是从昆明"一丘田"的小院里送来的天籁之音吗？

回到宾馆房间，我没有一丝睡意，打开台灯，撕下一张留言的纸片，我断断续续写下了一首歌，一首留给自己、捎给逝去了的亲人的歌：

离别遥远的故乡，

为寻梦来到丽江，

忘却街市的喧哗，

让宁静回归心房。

沿石板路走进童年岁月，

看青灰瓦下慈祥的爹娘，

古城水巷昨夜又起东风，

魂牵梦绕伊人就在丽江。

……

我相信，此时此刻，我的心与外婆、父亲、母亲的心是相通的，追逐着河灯远行的身影，这首饱含了我无尽思念的生命之歌，一定会送到已故亲人的耳畔。

殇影阑珊

光阴似箭日月穿梭，碎片似的记忆变得越来越模糊，但并不会消失。一旦触景生情，模糊的记忆瞬间就被激活，并被时间的手指断断续续拼接在一起，回放于大脑，犹如遗忘在某个角落的储存卡失而复得，重拾起一连串人生故事。

—— 题 记

夜宿中越边境小城麻栗坡，心情怎么也平静不下来，没有睡意，我独自一人踯躅在旅店外。

热带山谷的朦胧雾气，如棉似絮弥漫在小城四周，高耸的山梁近在咫尺，却模糊得连轮廓也看不清。天上纷纷扬扬飘下一阵雨丝，蓦然又消逝了。偶尔看见星星闪了一下，不知是雾气大，还是黑暗中飘来了云层，星光闪过之后，深邃的天穹又重归旷漠和空寥。我的心忽然惆怅起来。

"或许灯光可以驱散惆怅"，我想，于是从僻静处往街市移步。

灯光由疏变密，不知不觉中，漫步之处已是楼房林立的商住区。斑斓的、星星点点的灯光迎面而来，金黄、银白、橘红色的光亮，从小城黑暗中的每一扇窗户里射出来，像无数双眼睛盯着我，打量我。"你是谁？你从哪里来？你来找谁？"眼睛背后的人一声声在发问，声音低沉而浑厚。

　　就在天黑以前，我和同伴到小城北面两公里外的陵园，凭吊那些在边陲战事中捐躯的军人，我看到，九百多个英灵安卧在芳草萋萋的红土地下，任凭清风絮叨而默不作声。在夕阳的余晖下，我肃然穿行在雪白的墓碑丛中，辨认着一个个年轻战士的身影。墓志铭上镌刻着他们的姓名和年龄：十九岁、二十岁、十八岁……随着碑林移向身后，一张张英俊的脸庞浮现在我的眼前，他们稚气未消，眼光放射着童贞，炯炯有神。"报告！士兵XXX前来报到！" 我仿佛听到一个声音，那声音清脆而稚嫩，是个十八岁的声音。

　　我默然无语，呆呆地伫立着。山谷里忽然响起了激烈的枪炮声，一群年轻的战士冲锋向前，倒在了枪林弹雨中；接着，又一批战士义无反顾地冲了上去。鲜血染红了军装，染红了土地，年轻战士闭上期冀的眼睛前，喊了一声"妈妈！"……我忽然感到脸颊湿漉漉的，眼泪不知什么时候流了下来。我紧闭双眼，试图让发酸的心情平静一下，并用手背擦去脸上的泪痕，谁知仍没忍住再次流下的眼泪，双眼又模糊了……

　　小城的灯光交织闪烁，剪断了我的思绪，我被拉回到现实中。暗夜的云层散开了，雾蒙蒙的边陲夜空深邃而透明，闪闪的群星变得明亮起来。远远望去，天上的星光与人间灯火汇集在一起，形成一片无边无际的灿烂星河，我已分不清哪儿是星光，哪儿是灯光。朦胧中，一首俄罗斯民歌《灯光》的旋律在我的脑际萦回，那是我们这代人青年时代常唱的一首歌：

有位年轻的姑娘，
送战士去打战。
他们黑夜里告别，
在那台阶前。
透过淡淡的薄雾，
青年看得见，
在那姑娘的窗前，
还闪亮着灯光。

人间的灯光依然明亮，那是点亮姑娘希望的心灯，是她生命的期盼。但灯光下的一别，竟成了诀别，小伙子再没有回来，他已经战死在疆场……

麻栗坡的夜静极了，潺潺的流水声由远而近，发出悦耳的清音。一条河流顺山谷而下，把小城劈为两半，河畔新修的街道上，盏盏路灯倒映在水中，泛起片片银光。银光在哗哗作响的河道中晃动着，缠绵着，顺流而下奔向远方，仿佛一路诉说着那个被人遗忘的故事。

记得那时我还在上大学。那是一个百废待兴的年代，恢复高考后步入大学的天之骄子青春飞扬，踌躇满志，一举一动都牵挂着国运走向。自从南疆战事爆发后，教室里的报架成了同学们最关注的角落，每当课后来了新报纸，大家就争先恐后前去抢报翻阅，了解最新的南疆前线消息，遇有捷报传来，同学们就相互转告，兴奋不已。直至战事结束，我们仍惦记着从边陲返回内地的军人，几次奔向街头，捕捉军车隆隆的大部队身影，想看看那些"最可爱的人"，看看那一片片诱人的橄榄绿。那时，我们完全不懂战争的残酷，更不了解前方倒下了多少像我们一样青春飞扬的年轻人。

三十多年转瞬过去，今天，我又看见了橄榄绿，不过我是在埋葬战士们的陵园附近看见的。我穿过一片树林去摘野花，与绿油油的、青翠欲滴的橄榄绿擦肩而过。我分明又看见一张张年轻的面孔，清癯、严肃、冷峻，他们就像庞贝古城的浮雕，轮廓分明，栩栩如生，镌刻在我的记忆时空。我在草地上摘了满满一把野花，重又穿过橄榄绿来到陵园。我轻轻吻了吻充满芳香的野花，静静地站立了几分钟，然后把野花一分为二，分别摆放到两名永远长眠的十八岁战士墓碑前。

肃立陵园，思绪翻江倒海。哦，这些战士实在太年轻了，太年轻了！他们本该拥有一个比我们美好得多的世界，然而同处一个时代，我们学有所成，一朝改变命运，尽享人生美好，他们却告别家庭，舍弃朋友，拥别亲人，义无反顾地走了，永远地走了……

一股烧烤的香味顺风飘来，小城的夜市到了人气最旺的时候。街市的一侧，几个食品摊生意正红火，电灯、马灯忽闪忽闪，火盆上的烤鸡翅、烤豆腐和摊主殷勤的笑脸也在灯下忽闪着，街头弥漫着一抹刺激味蕾的青烟。"吃烧烤喽！"不时响起一阵清脆的吆喝声，继而是火盆上发出的"吱——吱"的烤肉声。

灯火摇曳，香味扑鼻，有人围着摊桌喝着啤酒，一群不甘寂寞的年轻人还借着酒性猜起了拳，他们兴奋地大声吼叫、嬉笑，尽情宣泄着野性的快乐，浓重的方言音使人听不清他们在喊什么，却感受到那股子富有冲击力的声浪和节奏，化作衣食无忧的快乐音符在灯火阑珊的小街上流淌。

这时我想，陵园里的年轻人也曾在灯光下喝过酒吧，那是出征前的壮行酒。那场面绝不像小城街头的灯红酒绿，也绝不是星星点点的吆喝。壮行酒一定是排山倒海、气壮山河的，它掀起的声浪不但激荡人心、催人泪下，而且化作了冲锋陷阵的意志和力量。

再见吧，妈妈！

军号已吹响，钢枪已擦亮，

行装已背好，部队要出发……

唱着那些激情飞扬的歌，怀揣凯旋的希望，年轻人踏上了征程。然而，当硝烟散尽，大军凯旋时，庆功酒宴上已少了九百多名可亲可敬的勇士。此时此刻，如果他们能与战友喝一杯重逢酒，与亲人喝一杯团聚酒，那该有多好啊！

街头的猜拳声断断续续，繁星变得更加密集，流动的车灯依然在扫射，临街的店铺人流如潮，麻栗坡的夜越发热闹起来。而就在满城喧嚣之时，小城山坡上的一幢五层大楼却格外安静，在通明透亮的灯光照射下，麻栗坡一中的学子们正在伏案夜读，透过洁白的日光灯，我隐约看见一张张沉思的、专注的脸，带着质朴和几分憨厚，带着父辈们无限的憧憬，正在布满荆棘的书山苦苦跋涉。我不禁默默感慨：孩子们，你们真幸运啊！倒下的壮士为你们带来了长久的安宁，但愿你们莫负青春韶华，追求属于自己的光明未来！

　　忽然，有人在我的肩头拍了一下，我掉转身来，迎着我的是一张似曾相识的笑脸。

　　"走，唱歌去，解解闷！"声音稚嫩而热情。

　　我在黑暗中分辨着这位远方朋友的面目。噢，是白天开车送我到边境采访的司机，一个刚从部队退伍的小伙。

　　来不及做任何思索，我神差鬼使地跟随他来到了小城的一家歌舞厅。是的，这是遥远的麻栗坡，老山、扣林山和者阴山就在它的附近，它那血色眩晕的昨天在我的心中留下了解不开的谜团，同样，它歌舞升平的今天也充满了神秘感，对我有着不可抗拒的吸引力。世事轮回，山河巨变，我想看看这里发生的一切微妙变化，幻想捕捉昔日风一样消逝的影子。我跟随小伙子走进了一个狂热的梦幻世界。

　　大厅里，昏暗的彩灯在地板和四壁无力地涂抹着金黄，神秘婆娑的灯影下，一束五彩斑斓的光柱旋转交织在空中，穿透酒精和尼古丁充斥的夜幕，搅动着激情奔涌的人流。年轻人跟随爆炸的节奏肆意劲舞，黑色的剪影如同拆散了的机器人，被光柱剪碎、撕开，聚拢、再剪碎。我感到黑夜和白昼相互颠倒、替换、搅和，头颅被低音炮肆意敲击，心胸被摇滚乐不停地撕扯，整个人亢奋得无法自制而又烦躁不安。我屏住呼吸，试图把紊乱的情绪调整到正常状态，但却怎么也办不到，人始终处在几近窒息的不和谐中。于是，我使劲闭上双眼，强迫自己压抑住混乱不堪的情绪，躲在大厅的一角稍微平静了片刻，便匆匆离开了那群无忧无虑的年轻人。

是的，我必须离开这个不和谐的环境，因为我再次想起了长眠在麻栗坡陵园的另外一些年轻人。

身后震响的音乐声渐行渐远，直至完全消逝，我匆匆行走在返回旅店的黑暗中。夜，逐渐安静下来，灯红酒绿的场景从脑海中消逝，摇滚乐变成了凄美的手风琴声，我思绪的天空出现了一幅幅若明若暗的画面：山岭，小路，村庄，树林；出发的队伍，离别的拥抱，送别的人群；硝烟滚滚的前线，枪炮隆隆的响声，战火驱散的鸽群……

昨天的碎片记忆，整日在我脑海里翻动和拼接，这是我在怀想逝去的青春，还是在怀念二十世纪八十年代？不，或许我是在怀念一种难以割舍的精神。其实硝烟早已散尽，昔日军车隆隆的麻栗坡，如今商贾云集，歌舞升平，一派繁华。然而，我和我的同龄人却始终放不下那份牵挂。我们忘不了那个激情飞扬的时代，以及时代赋予的责任；忘不了战士长眠的红土地上，已长出茂密的芳草和数不清的野花；忘不了山风袭来，松柏摇曳的原野飘散出了沁人心脾的馨香；忘不了军车碾压过的盘山路，已变成轿车穿梭的高速公路；忘不了陵园不远处的边城，平地而起的高楼上闪耀着温馨的灯光……这是长眠的士兵用燃烧的生命、殷红的鲜血浇灌的吗？

夜已深，我站在小城高处的一片开阔地上放眼眺望，麻栗坡的灯光灿若星河，层层叠叠遍布山谷，一直撒向无边的苍穹，南疆边陲显得如此多娇，如此神秘，如此壮美。我一任夜风吹拂，久久孑立在星光夜影下，陶醉在迷蒙的夜色中，徜徉在无边的思绪长河里。这时，一张张年轻战士的脸又交替出现在我眼前，漫山遍野的灯光仿佛变成了九百多双闪亮的眼睛。他们默默注视着边关的山山水水，注视着生活在尘埃落定的疆土上的每一个人。那眼神分明是一种祈祷、一种期待、一种祝福，他永远提醒人们：珍惜来之不易的和平生活吧！

　　夜里，我做了一个梦，梦见无边无际的星光环绕着我，世间宁静又祥和；草场在天地间延伸，野花在草地上盛开，清澈的小溪欢快地奔流，悦耳的音乐从四周响起。乐声中，遥远的天际飘来一阵熟悉而哀怨的歌声：

　　　　也许我倒下将不再回来，
　　　　你是否理解是否明白？
　　　　也许我倒下将不再起来，
　　　　你是否还要永久地期待……

小井巷

　　老昆明有一条小井巷，令我爱恨交加的小巷，尽管它早已被建筑商残杀，从地图和邮政通信处抹去，但它至今仍深藏在我的记忆中，犹如电影的回闪片段，一幕幕清晰可见，挥之不去。

　　小井巷在翠湖和洗马河南边，巷很窄，最窄的地方只够两人擦身而过，巷道弯弯拐拐，宛若迷宫，即便是白天也显得很阴森。小时候我曾在小井巷居住过几年，说句实话，我一点不喜欢那个鬼地方，它在我心里布下过阴影，每次天黑回家，我一个人从翠湖边往巷子里走，心里就咚咚咚直打鼓，因为小井巷里常常闹鬼。

　　土坯墙包围的小井巷很深很长，虽然弯来拐去，但四面都有出口，一头通尽忠寺坡，一头通洗马河，一头通景洪街，还有一头不算路，只是雨季用的一条泄洪水沟，水沟后面的土坡叫磨盘山，古时候曾是行刑杀人的地方。那时电线刚拉进昆明寻常百姓家，每到夜晚，小巷里家家户户的灯泡像萤火虫一样暗淡，忽闪忽闪，犹如山里的鬼火，且巷子隔三岔五就停电，大多数时间人们都要靠煤油灯照明。月明星稀的夜晚，小巷院落里不时有人讲起鬼故事，仿佛巷子里处处都有鬼魂出没，令我们小孩子胆战心惊，即便是一群人聚在一起，一声突如其来的惊叫，也会把我们吓得魂飞魄丧。

　　小井巷因井得名，一口古老的小水井，位于巷子四个通道的交叉口处，巷子里的百十户人家全靠这口水井生活，挑水做饭、洗脸洗衣、打扫卫生都到井边取水，小井就是巷里人祖祖辈辈的生命之泉。天气晴好之时，女人们三三两两到井边洗衣洗头、说长道短，水井周围俨然成了小巷的消息总汇。什么劝业场的大众茶馆上演新滇戏了，劝业场的杂酱米线和肠旺米线哪个更好吃，武成路的布店来了新花布，张家的娃娃丢了购粮本被大人揍了一顿，李家的姑娘滑倒在巷口的烂泥地里，模范监狱关满了劳改犯，景洪街失火烧死了一个小脚老奶，挑粪人为抢黄公东街厕所的大粪大打出手……诸如此类嚼舌头的话题，在叽叽喳喳的夸耀和咬耳根的神秘之间交替着，就这样，口口相传的小道消息，从水井边传遍了小巷人家。

　　不知是猴年马月留下的一根竹竿和一只绑在竹竿上的水桶，永远放在井边，这是小井巷全体居民共用的打水工具。打水时，人们只要手握长竹竿，把水桶放到井里，用力把竹竿向下一压，水桶就晃荡着沉下水去。这时，大人便如同拔萝卜一般，手握竹竿一截截把水提上来，倒进自家的木桶或洋铁皮桶，然后用扁担一趟趟把水挑回家。看大人打水是件很好玩的事，我学着大人的模样，尝试过到井里打水，没曾想那水桶竟比一块大石头还重，我费尽九牛二虎之力，才把半桶水拉到井口来，从此再也不敢去打水了。我觉得力气小太丢人了，别人一定看不起。那时，刚上小学的我骨瘦如柴，根本干不了体力活。

　　小井是大人的天地，不欢迎小娃娃靠近。为防止娃娃失足掉进井里，井口立了一圈一尺多高的圆形护井石，趁大人不在，我和小伙伴常常趴在护井石上往下看，看井底晃晃悠悠的蓝天白云如何变幻，想象猴子捞月亮的故事如何好玩。可是一到晚上，大人和娃娃就再也不敢靠近水井了，只因小井巷曾经有人投井自尽过，人们担心鬼魂在夜晚出没，一旦走近水井，就要被水鬼拖到井底下。

我有个要好的小伙伴，名叫猴子，比我大两岁。其实他大名不叫猴子，但不知为什么，他妈就这样叫他，所以人人都跟着叫他猴子，反而忘了他的真名。猴子的身体比我壮实，力气比我大得多，只是长得像猴子罢了。我很羡慕猴子能像大人一样，熟练地到井里打水，还能一个人哼哧哼哧挑水回家。有时候，我会跟在猴子的屁股背后，悄悄观察他如何挑水，如何用手拉住桶绳，不让桶里的水晃出来，心想再过一两年，我也能独自去打井水，然后像大人一样，步履轻松地晃悠着扁担，把两桶水挑回家。

猴子有个弟弟，比他矮一头，是个鬼精灵，能够用自制的弹弓打鸟，而且常有斩获，小伙伴都不敢小瞧他。只可惜他是个哑巴，听说是小时候感冒发烧，被医生一针下去，从此就再不会讲话了。猴子他爹知道这事后，经受不住打击，一下子犯了心病，从井边挑水回家时忽然栽倒在地，人泡在翻倒的水桶边就断了气。后来，挑水的活就落到了猴子他妈身上，再后来，小小年纪的猴子也不得不承担起挑水的任务。那一年，猴子才七岁。

猴子家很穷，爹妈都靠捡破烂为生，他爹走后，她妈一人操持起了三口之家的活路。有时候，猴子妈不放心把两个娃娃丢在家，怕调皮捣蛋的哑巴玩火闯祸，便经常领着两个娃娃去捡破烂，时间一长，猴子和哑巴也学会了到处翻弄垃圾，寻找一些旧书废报和破铜烂铁，拿到废品站卖钱。有一天，弟兄俩不知从什么地方捡到一堆补锅用的废锡，以为发了财，兴冲冲拿到废品站称斤过两，却被收货人拒绝，说废品站不收碎锡，只收整块的锡。猴子灵机一动，回家找了一口小锅，生起火炉就开始化锡。眼看锅里的碎锡即将熔化成一个饼状时，哑巴舀了一瓢水就往锅里浇，心想这样一来锡会变得更多，兄弟俩就可以卖更多的钱了。站在一旁的猴子还没有反应过来，只听"砰"的一声巨响，刚刚熔化的锡就炸飞了，四散飞溅的锡变成无数碎片，浇到了猴子和哑巴的身上和脸上，等兄弟俩在惊叫声中把碎锡块一点点从脸上扣下来，两人都已经变成了麻脸和疤脸。

当然，猴子弟兄俩造孽的事，又成了水井边很长一段时间的闲话。猴子也知趣，生怕别人看见他那张麻脸，于是远远躲开人们带刺的眼睛，专找井边没人的时候去挑水，且总是低头走路，问话不答。弟弟哑巴呢，被她妈一顿狠揍，暂时变得老老实实，每天早出晚归，跟着她妈去捡破烂，小巷里再也见不到手拎弹弓的哑巴身影，养鸡的人家也不用再像防贼一样，担心哑巴用弹弓打他们的鸡了。后来聋哑学校招生，哑巴去报了名，才结束了捡破烂的生活。不过哑巴走了以后，我们的童年生活冷清了许多，我和小伙伴们又想念起他来。

小井巷有两个挑水的娃娃，除了猴子外，另一个是巷口北头、洗马河边的老六。老六的年龄同猴子差不多，但本事比猴子大，是个抓水蜻蜓的高手。我曾亲眼见过，老六用棉线拴着一只雌蜻蜓的身子，然后把棉线的另一头拴在一根细竹竿上，手握竹竿牵引蜻蜓旋转，招引水面上飞舞的雄蜻蜓前来交配。当两只蜻蜓粘在一起时，老六就轻轻放下竹竿，上前一把抓住殉情的雄蜻蜓，一天下来，他总能捉到十多只蜻蜓。那时，水蜻蜓是充饥的美食，一只雄蜻蜓可以卖两分钱，雌蜻蜓更贵，可以卖五分钱。老六用蜻蜓换来的钱，经常到劝业场的燕鸿居吃米线，引得小伙伴们都垂涎三尺。

这天，本该挑水的老六整天没见踪影，老六妈三番五次到井边打听，说娃娃出来挑水就再也没有回家，问有没有人看见他家老六了，她担心老六出事，怕娃娃不小心掉到井里去。但大人们都说，老六不会掉到井里，人要是掉下去了，扁担和桶总不会掉下去，说不定又去抓蜻蜓了，让老六妈不用急，再等一等，老六玩累了就会回去的。傍晚，老六的扁担和水桶终于在邻居家找到了，但老六仍然不见踪影，而且是彻夜未归。直到第二天，翠湖的水面浮起了一具尸体，被人打捞上岸，老六的爹妈赶去查看，才知道老六头一天就被淹死了。

我从井边叽叽歪歪议论的人群中听到老六淹死的消息，立即跑到翠湖边看究竟，老远就听见老六她妈在号啕大哭，他爹也跪在地上，边哭边用拳头捶打着自己的胸口，围观的人嘴里说着造孽了造孽了，却不知道如何安慰老六的爹妈。我挤进人群看了一眼：死去的老六赤身裸体平躺着，全身被水泡得浮肿，那张稚嫩的脸早变了形，双手的指缝间还夹满了水蜻蜓。围观的人们说，老六是下水抓蜻蜓时，被水草缠住身子才淹死的，呛水的时候，他夹着蜻蜓的双手还不肯放松，直到人和蜻蜓都憋死在水里。"可怜啊，为了几只蜻蜓把命都丢了！""哎，可惜了可惜了！"……
有人嚷嚷，有人叹气，老六他爹妈听见议论，哭得更厉害了。

　　小井巷少了一个挑水的少年郎，似乎冷清了许多。要是平时，
小井周围的大人见到挑水的猴子和老六，总忘不了夸奖几句，什
么"你瞧瞧，太能干了""比我家那个小毛贼强一百倍""你妈有
福气了"等等。其实那都是没话找话说，猴子他爹要是不死，也不
至于让猴子每天去挑水，那时猴子还不到十岁，就已经被扁担压成
了半个驼背，小伙伴背地里都叫他"背锅"，猴子听到后，还当着
我的面委屈得掉过眼泪。老六家的事我知道的不多，只知道挑水原
来是他爹的事，后来他爹到了一个很远的工地上班，小小年纪的老
六才接过了他爹的扁担。老六死后，挑水的人又变成了他爹，但小
井巷的人却很难见到他爹的身影，因为老六他爹的工地离家有十多
公里远，等他匆匆忙忙步行赶回家，拿上扁担和水桶赶到井边的时
候，小巷的天早就黑了。此时人们都窝在家里不敢出门，也不愿出
门，小井巷夜里闹鬼，大家都怕遇到鬼，怕沾了晦气。

　　我是最怕鬼的人，老六的死在我心里留下的阴影总是不散，
自从看到他的尸体后，我就再也不敢独自走夜路了。老六家就在
小井巷北口，我出出进进都要从那个黑乎乎的门洞口经过，我隐
约看见过，门洞里放了一口棺材，大人说那不是小孩子的棺材，
是给老人准备的，但我依旧把棺材和老六联系在一起胡思乱想，
脑袋里总是驱散不了那具浮肿的尸体，那两只夹满了蜻蜓的小手。
即使是白天路过老六家，我也会战战兢兢，全身发麻，于是强忍
住失魂落魄的心跳，先假装镇静地快步走开，一旦过了那个门洞，

便飞快地朝远处跑去。

老皇历一页一页地翻过，老六淹死的话题逐渐冷下来，再往后，老六似乎也逐渐被人们淡忘了。穷日子像手摇唱机上的老唱片缓慢地、毫无新意地继续转动，洗衣，洗菜，洗头，挑水，吹牛，搬弄是非，小井周围的景象又恢复了常态。"有旧衣烂衫么找来卖喽！……"收破烂的老倌身背背篓，依然每天吆喝着同样的老调，从小井边穿行而过，消失在拐弯处，然后老倌又再次出现，晃悠晃悠地隐没在小巷的另一头。

有一天，恢复了热闹的水井周围忽然又安静下来，从早到晚没有一个人前去打水，也没有一个人在井边停留，大人们远远站在巷子的拐角处，围成一圈议论着什么。我好奇地向邻居伙伴打听到底发生了什么事，小伙伴压低声音惊恐地说：莫非你还晓不得？巷巷里有个女人昨天晚上跳井自杀了！

这突如其来的消息吓得我一阵抽搐。后来断断续续从大人口里得知，跳井的女人叫翠花，靠帮人打扫卫生维持家庭生计，是被逼得走投无路才跳井自杀的。翠花生了好几个娃，大都还在光屁股玩泥巴，她每天起早贪黑挣钱养家，男人却是个游手好闲的浪荡人，不但撂下娃娃不管，还赌钱上瘾，把家里像样的东西都卖了个精光，翠花眼泪都哭干了，也没把男人管住，这天才骂了男人几句，就被赌红了眼的男人一顿暴打，绝望的翠花心一狠，丢下一串娃，趁月黑风高一头扎到井底，来了个一了百了。大人们说，翠花头天晚上跳井，第二天尸体才浮上来。还说，早在翠花投井的前两天，小井巷就开始闹鬼了，有人走夜路时，看见从井底冒出个披头散发的黑影，一晃就不见了。还有人说，披头散发的黑影游荡了一圈后，又回到了井里，那分明是井底的鬼在招魂，从那时候起，翠花的魂就丢了。

人们不敢再喝小井里的水，宁愿在雨天戴着斗笠，踩着烂泥跑很远的路，到巷子外挑水回家，小井巷变得死一般沉寂。白天，人们不敢在井边停留；夜晚，小娃娃龟缩在家里不敢出门，院落里的鬼故事也暂时偃旗息鼓，大人小孩都早早爬进被窝，担心什么时候自己的魂也被井里的鬼招了去。"有旧衣烂衫么找来卖喽！……"只有收破烂的声音依旧传来，那方言音浓重的吆喝颤颤巍巍穿过门洞，越过院墙，断断续续飘进苔藓满地、栏柱发霉的一个个小院天井，仿佛告诉人们，世界依然存在，生活还要继续。

阴霾的雨季眼看就要结束，小井巷的土坯墙和灰瓦片不再滴水，烂泥地也一天天变干，水井里又倒映出了清澈的蓝天白云。有人壮着胆子开始到井里打水，用它冲洗雨后沾满烂泥的天井，后来又用它洗衣服，再后来就用它洗头、淘米、洗菜，看看巷子里没有闹鬼，于是人们不声不响重新用小井的水烧水做饭，生活不知不觉又回到了固有的轨迹。

还是那些人群，还是那些是非闲话，就像从来没有人投井自杀过，就像哑巴和老六每天还在井边挑水一样，日出日落，春秋冬夏，小巷的衣食冷暖、喜怒哀乐周而复始着，一如蒙上眼睛的毛驴拉着祖传的石磨，任由人们怎么打发，毛驴费尽心力劳作，却不知何时能歇息，也不知去向何方。唯有那口水井，记录了小巷人酸甜苦辣的小井，延续着他们的血脉和生命。

澜沧江船话

冬日的澜沧江是雾蒙蒙、湿漉漉的，清晨尤其像淡淡的水墨画，云雾一片片、一幔幔总是缠绕着天空和大地，柔软得使人辨不清方向。江轮从景洪码头顺流而下，仿佛一直在腾云驾雾，弯弯绕绕的大江，就像飘在雾海里的一条长长的绸带。我有些担心行船安全，可同伴却说，人家有经验，就是要找这种神仙的感觉，否则就不是西双版纳了！

太阳出来得很晚，其实不是晚，而是浓浓的晨雾遮蔽了森林里的阳光。上午八点了，羞羞答答的太阳仍然不肯露脸，只把满世界的浓雾涂抹成一层层透明的青白色纱幔，无边无际地撒向天空。江水在雾中奔流，两岸回荡着哗哗的声响，响声与山林的鸟鸣汇集在一起，合奏出一曲悦耳的灵动乐章，让人领略到回归自然的心旷神怡。

"呜——呜——"江轮拐了个弯，与一艘逆流而上的船相遇，拉响了几声汽笛，笛鸣声好似提醒船舱里的乘客：江雾就要散尽了，快到甲板上看看风景吧！于是，人们开始陆续走出船舱，先前空荡荡的甲板顿时热闹起来。

大江奔流，微风拂面，朦朦胧胧的晨雾越来越淡，越来越薄，在湿漉漉的江风中化作股股青烟，飘飘洒洒甩到轮船身后，弥漫到远方，然后在朦胧的山林中散开，随风消失在远方，澜沧江两岸渐渐呈现出依稀可辨的绿色。

　　"太阳！太阳出来了！"意大利姑娘柯赛帕兴奋地叫起来。游客们放眼望去，可不是吗，一轮又红又大的太阳从森林的树梢上露出半个脸，把金黄色的光柱投向江面，在如绸的江心抖动出无数斑斓的涟漪，晃得人眼花缭乱；水鸟追逐着船尾的浪花，穿梭般飞来飞去，时而盘旋在船尾，时而箭一般冲向彩绸般流淌的江面，发出阵阵欢快的叫声。"嘎——嘎嘎……"原始森林在生命的欢歌中苏醒，阳光普照峡谷，澜沧江迎来了新的一天。

　　江轮缓缓航行，一片片树林被甩到身后，一个个村寨消失在船尾。柯赛帕伏在船舷护栏上，凝望着远方入神。这个高大的南欧姑娘表情有些夸张，欣赏风景时，她总是张大着嘴巴，流露出一副惊奇的模样。

　　"你好！你们是来旅游的？"柯赛帕礼貌地问我们，露出一口洁白的牙齿。她说一口流利的中文，还夹杂着北京方言的吐字，特别是说那个"是"字的时候，有重重的卷舌音，很明显是在刻意模仿北京人讲话。

　　那时，我们刚刚在甲板上认识，她像知己一样告诉我们，在中国留学期间，她想把大西南的名山大川都游遍。"中国的西南很神秘，"柯赛帕说，"云南、西藏，还有四川，我都特别喜欢！"说这番话时，她轻轻摇着头，做出若有所思的样子，似乎很享受过往的经历。

　　"意大利也很神秘，"我的旅伴说。

"去过意大利吗？"她忽然问我们。

"还没去过，"旅伴回答。

"哦，"柯赛帕遗憾地耸了耸肩，"你们一定要去意大利看看，能看到古罗马。"

"太棒了！"我伸出大拇指，"罗马斗兽场有两千多年历史，听说现在还在使用。"

"是的，可以参观。"柯赛帕显得很得意，如数家珍地讲述起罗马的历史建筑，万神庙、凯旋门、许愿池等等，又从历史名城佛罗伦萨讲到达·芬奇、但丁和米开朗基诺。看我们插不上话，才换了个话题说："中国的长城也不错，还有故宫。"

"你参观过长城和故宫？"我问。

"必须的！"她夸张地回答，表情有些调皮，但语气坚定。"我留学的专业是中国古典文学，我还参观过西安的兵马俑。"

"哇，太厉害了！"我们异口同声地赞叹，由衷佩服这个异国女孩子。大家都想不明白，中国古典文学原著大都是文言文，一个外国小姑娘怎么学啊？

澜沧江上的雾散尽了，阳光从东方斜射过来，江面的景物已清晰可见。"噢，小船！"有人又叫起来。

这是塞尔维亚姑娘玛雅。还没到中国留学时，她就从互联网上查阅了云南的资料。"我做梦都想来，不骗你们！"她用一口不太流利的汉语说，特意用了一个"不骗你们"，似乎怕我们不相信，又似乎在炫耀她运用汉语词汇的能力。

玛雅说话时语速很慢，表情也很丰富，谈到高兴时，不是吐吐舌头，就是做个鬼脸，要不就是弹一下响指，显得个性十足。她的口头语是"很好玩"。在她眼里，云南的一切都充满了诱惑力，一切都"很好玩"。

江水"哗——哗"响着，破浪前行的轮船两侧掀起一道道彩色的波浪。玛雅姑娘手指处，一只竹筏正顺流而下，矫捷的傣族小伙子挥动竹竿，稳稳操控着竹筏，衣服、头帕被江风吹得呼啦啦飘。

"他的动作像跳舞！"玛雅的夸赞充满了想象力。

"这是云南的傣族，傣族能歌善舞。"我的朋友接过话题解释说。

"我们看过云南的民族舞蹈，很精彩！"玛雅回应说。话音刚落，又指着远处的竹筏子评价："这也是跳舞，水里的舞蹈。"

看来玛雅比我们更富有想象力，她不但会欣赏中国少数民族艺术，而且善于发现生活的艺术，于是话题转向了音乐舞蹈。玛雅告诉我们，她和同伴在昆明欣赏了民族歌舞《云南映象》，看完歌舞的当天晚上，便决定要到云南少数民族地区走走，这才来到了西双版纳。

我们会心地笑着，一起目送江心的竹筏被大船甩到身后，消失在远方。其实，心与心的交流并不需要太多的语言，尽管民族不同，语言还有障碍，但我们和留学生的交流一直很轻松愉快。旅途是友谊的桥梁，而留学生们喜欢中国，迷上中国，成了我们交友的媒介。

偶然刺痛了一个敏感话题，有同行者问起了关于前南斯拉夫和科索沃的事。玛雅不愿回答，她心事重重地回避了这个话题，并且掉转身，独自一人面向澜沧江黯然神伤。我知道是旅友的问话勾起了她忧伤的往事，旅友也后悔自己的唐突，后悔把美丽的澜沧江同遥远欧洲的那个火药桶不合时宜地扯到了一起。这时我想，应该转移玛雅的注意力，让她回到轻松愉快的氛围中。

"听过孔雀公主的故事吗？"我问。

"哦，没有，"柯赛帕说。"能讲讲吗？"

"哦，他讲得好，"我指指同伴。

我的同伴刚刚读过傣族叙事长诗《召树屯》，于是把主要情节编了个故事，开始讲述那段王子与孔雀公主悲欢离合的民间传奇："很久很久以前，西双版纳傣族部落有个英俊的王子，他的名字叫召树屯……"玛雅也好奇地转过身来，走进了故事里。

微风习习，江景流动，同伴的故事好像颇具吸引力，玛雅起初还有些心不在焉，但听着听着就入了神，一双黄褐色的眼睛眨巴着，露出好奇与向往，最后终于忍不住打断了叙说，急切地问："能不能买到这本书？"问这话时，玛雅绞在手指上的一块碎花纱巾被风吹到了江心，她竟丝毫没有察觉。

"哎哟！My scarf！"（我的纱巾）柯赛帕用英语叫道。

"别管它，讲故事吧！"玛雅说，双手摊开比了个遗憾的动作。

我们都欣慰她重又回到了如诗如画的西双版纳，回到了自由奔流的澜沧江。

汽轮掀起的波涛，把玛雅的纱巾抛向浪尖，又卷入峰谷，很快消失在江心。故事讲完了，玛雅呆呆地注视着江岸上棕榈掩映的村落，嘴角上挂着一丝不可捉摸的淡淡微笑，那微笑既有愉悦，似乎又有哀怨和怀想。看她在时空交错的世界里神游，我和同伴悄悄离开了她。我想，也许那块纱巾上有她伤心的泪水。

拐过一道江湾，换了一道风景，澜沧江变得宽阔起来，山林退向远方，田畴、平地出现在大江两岸，村寨和缅寺的尖顶不时扑面而来，江景又变了个风格。

李英莉小姐没有参加我们的交谈，这个秀气的韩国姑娘只顾一个劲地吃零食，开船两个多小时，她似乎一直在吃各种零食，不知道平时她就是一个贪嘴的女孩呢，还是因为西双版纳好吃的东西太多，香蕉、木瓜、菠萝、甜酸角、糯米饼……看她什么都吃得津津有味，一边吃还一边咂吧着嘴，显得孩子气十足。她说要把西双版纳的水果尝个遍，还要品一品云南的过桥米线。"回去就吃不到啦！"说到高兴时，李英莉顽皮地舔了舔嘴皮，做出一副很享受的样子，引得我们的味蕾也跟着有了反应，有了也想去尝一尝的冲动。

"你会吃傣味吗？傣族的菜。"我问。

"我会。"李英莉说。"酸酸的，很好吃，味道有点像我们韩国的泡菜。"她边说边做了个鬼脸，好像真的很酸似的。

大家被逗得大笑起来，笑声在甲板上随风而走，欢乐一路撒在澜沧江。

太阳升到了当空，热带雨林的气温逐渐升高，人们纷纷脱下外衣，T恤短装打扮，转眼工夫从春天走进了夏天。此时阳光明媚，碧空如洗，站在江轮上饱览澜沧江两岸风光，真是一种难得的享受。江水缓缓奔流，透过阳光照射的水面，岸边奇形怪状的卵石和青色的河床依稀可见；不时出现一片珍珠般的沙滩，沙滩后面是芳草萋萋的田园，成群的水牛悠然自得地吃着草；几名身穿筒裙的傣族妇女蹲在江边，用木棒捶打、浆洗衣物……留学生们七嘴八舌赞美起澜沧江的美景来：

"这是自然美，人工造不出来。" 柯赛帕说。

"对，城市风景都一样，"正在吃甜酸角的李英莉把一颗果核吐到餐巾纸上，插话说。"但这里不一样，真的不一样！"

"看不够，风景看不够！轮船不要停多好，让我们一直走下去！"玛雅不再凝望远方，她转过身来插话的时候，仿佛还置身于梦中。

谁也没有注意德国小伙鲁威尔，这个文质彬彬的年轻人身背两台照相机，一直在轮船甲板上走来走去，变换各种角度抢拍风景照，恨不能把澜沧江两岸的风光全带走。他的话不多，反反复复只重复着一个词——漂亮！并且做出很投入的样子，一面从船舷围栏上探出半个身子，咔嚓咔嚓按动快门，要不就是全神贯注观察两岸风光，生怕漏了一个好镜头。

"看，我拍的热带雨林。"他回放着照相机上的照片，炫耀拍摄成果给我们看。"这张，还有这张，看，是不是很漂亮？"

一张森林和江水辉映的照片，停留在数码相机的显示屏上：群山巍峨，江水滔滔，一抹金黄的阳光透过茂密的森林，照耀着硕壮无比的榕树和挺拔的棕榈树，榕树周围，从天而降的藤条像无数根绳索，依附并缠绕着树壁和树干，制造出原始林莽植物绞杀的奇特景象；茂密的枝叶间，阳光似数不清的金箭射向大江，江面上辉映着一道道金黄的亮光；一艘小船正驶向下游，船身在斜射的阳光下形成一个剪影，勾勒出澜沧江航道的生机与活力。

"太美了！""抓拍得太好了！""你是摄影家啊！"……赞美声此起彼伏，人们把德国小伙团团围住。

"不是我拍得好，是西双版纳太美好！"鲁威尔谦虚地说，语气中流露出赞叹。

人们轮番欣赏他的摄影作品，有人指指点点，有人问这问那，甲板上回荡着阵阵惬意的、爽朗的笑声。绕过一弯又一弯，轮船载着一路友情，一路欢笑，向孔雀尾巴一样美丽的橄榄坝驶去。

莫名的追逐

一双无形的、柔软的手抚摸着我的脸颊，我感到一丝温情和惬意。这是湄公河的江风拥抱我的感觉。风是潮湿的，也是柔软的，像浸了水的绵薄和绸缎，感觉捎带了飞溅的江水，抑或是骤然飘忽而至的云层挥洒下的雨丝，只是朦胧不清。

眼睛和照相机轮番忙碌着，快门如同机关枪不停地扫射，挂一漏万的风景根本看不过来，也拍不过来。甲板托举着东南亚的绿色世界扑面而至，哗啦哗啦如风一般抛到脑后，你若试图去追赶，更多的美景就一溜烟逃跑了。

陶醉时干脆发呆，两眼盯着奔跑的江水，只见一块块古灵精怪的礁石从航道边飞驰而过，酷似野兽和怪物倒下，然后迅速消失。激流打着漩涡，一个个的旋转，把漂流的落叶卷入看不见的深渊，这时眼睛又开始发呆，意念才戛然而止。

轮船顺流而下，滔滔奔流的湄公河带我前行，一次异国旅行，莫名的追逐就此开始。整个人处于兴奋之中，双眼都舍不得眨一下，但却不知道自己在追逐什么。曲折的岸线，茂密的森林，偏僻的村寨，或是江心的漩涡，危险的礁石，觅食的水鸟……似乎都是，又都不是。眼睛和心在打架，眼睛追逐的，心不在焉；心想的，眼不正视。网络语言叫什么？叫乱码，大脑遭受万物入侵后乱码了。

就这样傻乎乎呆站着，整日漂流后慢慢发现，我似乎在追逐一种颜色，意境的底色。我被金黄色诱惑，无法抗拒，像瘾君子戒不了毒一样，沿途追逐金黄的出现，一次又一次，迎接金黄底色的到来，然后又目送金黄远去，直至忘乎所以，莫名的陶醉。

说不清也道不明，连自己都奇怪这种追逐源自什么动力。心灵对世界的陶醉，源于视觉审美，有时候，看风景如同绘画，从眼睛到整个大脑，总会被赤橙黄绿蓝中的某一个基调占有，以致形成一种潜在的、抹不掉的形象记忆，沉淀为感情偏爱。湄公河的色彩实在太丰富，丰富得使人感到晃眼，感到炫目，感到风起云涌的刺激，身体欲罢眼睛却不能，于是不知疲惫地捕捉和接受，直到从数不清辨不明的色彩中捕捉到一个具有代表性的湄公河元素。最终，审美视觉和兴奋点，被金黄的底色掳走。

其实湄公河与澜沧江是同一水系，从青藏高原奔流而下，一泻千里流经六国，威风凛凛来了个龙摆尾，把霞光流云山林村寨连同无数风情万种的故事，以及金三角的血腥和荷尔蒙传奇统统倾泻到南海，留给沿途的则是永远揭不完的神秘面纱。

疆界的阻隔是制造神秘的元凶。明明一条澜沧江，流出中国后偏要叫湄公河。流走的故事，成了无数文人墨客永恒的追逐。

我的追逐不在其中，它不太具象，似乎同幻觉有关，不过是一种颜色而已，虚幻的形式要素，只关乎浓淡、色相、明度和饱和度，与金钱的躯壳无关。就像太阳打翻了调色板，把洁白的云彩和万物都染上一层颜色，我的感知就混杂其中，捕捉到的只有金黄，追逐的也是金黄，其余的全都忽略不计，以至被遗忘。

跨越疆界顺流而下，追逐即已开始。湄公河像一条青白色的飘带，弯弯绕绕向南飘去，又像一条巨大的长蛇，扭动身躯游向云霞掩映的密林。从拂晓到正午，从雾雨到艳阳，整整一天的航行，我一直坚守在甲板上，成了意念指挥的奴隶，风景绑架的俘虏。临近黄昏，疲惫和困顿终于袭来，眼睛像打烊的商店卷帘门，不容商量就要向下关闭，当我怀疑审美疲劳已经袭来时，一声"金三角到了"的呼喊惊跑了睡意，人又重新亢奋起来，瞪大眼睛向江岸搜寻。

西沉的太阳从湛蓝的天空滑落，紫雾弥漫开来，宛若女人蒙羞的纱巾挥洒向江边的椰林，刺眼的天空柔和起来，演变成金黄的世界，一个巨大的火球缓缓靠近热带丛林，在依稀可辨的棕榈叶上勾勒出金黄的线条。灰蓝的湄公河水泛出金光，奔流的天镜向四野铺展，金波闪烁，金沙流淌，一只木船划破光洁的江面，留下道道金黄的水链。江岸边，沐浴落日余晖的沙滩像一块光滑的金子，平静地伸向远方。金黄的世界让人躁动起来，甲板上，手机和照相机疯狂地按响，不甘寂寞的船客一片慌乱，生怕漏了任何一个值得炫耀的镜头。

其实，黄昏的金三角徒有其名，只不过是一片静美的金黄，与传说中荷枪实弹的是非之地并无任何表象的联系。传说中的金三角风雨飘摇，世事纷争，草莽英雄称霸，亡命之徒飞刀，山大王醉生梦死，空气里弥漫着烟土和血腥味。初见金三角却是江河逶迤，金沙晃眼，林莽苍翠，阳光普照，根深蒂固的印象刹那间被颠覆，一如湄公河航道的礁石被炸药爆破清除，传说中的金三角竟消逝得无影无踪。反差之下，兴奋点重又回归一路追逐的金黄，世界偏偏就是如此不可思议。

轮船驶向泰国清盛港，扑面而来的是一个巨大的金色坐佛。黄昏的天幕下，大佛身披金黄的晚霞，在夕阳的映照下显示着慈悲和威严。轮船滑行，佛身在天光水影中变幻，倒影摇晃着辉煌，给人种种神秘莫测的联想。金三角的新标志，是慈悲为怀的宁静，却没有阻止毒品和战争，毒枭早已携带弹药、美女和钞票，藏进了深山老林。

雾幔渐重，金黄的夕阳压垮了树尖，吞没了远山，隐没到鬼魅般的棕榈林间，残缺的轮廓透过厚重的云层，无力地露出半张脸，把余晖斜射到宁静的江面上，抛撒开一幅巨大的红绸飘向远方。终于，残阳从湄公河宽阔的江面上跌落，消逝在视觉可及的尽头，夜幕开始笼罩泰国、缅甸、老挝三国交汇处。一钩新月升上天空，夜航的客船和两岸的渔火点燃了江面，与两岸的车灯、路灯和房舍灯光交相辉映，制造出新的金黄色意境，遥远的宁静和诗意的神秘，驱散了传说中的血雨腥风。

欣悦感阵阵袭来，莫名的追逐换来了莫名的满足。

其实疯抢的镜头大都是废品影像，大脑留存了记忆，数码芯片记录的却是重复的残废。况且，有的追逐连视觉满足都会落空，收获的只有失望和扫兴。此后早起观赏日出的计划，就是由于一片乌云的忽然降临，使所有的期冀泡汤。那天清晨晴空泛红，雾似轻纱，具备了制造恢宏日出场景的天象，我开始早起追逐。然而，正当肉眼所及的天际线全都染红，太阳即将喷薄的时候，几丝淡淡的乌云迅速拉长膨胀，像一个天外来客的巨掌，严严实实捂住了天空。霞光消逝，云天暗淡，金色的湄公河也变成了一条无光的乌龙，灰溜溜逃往远方，追逐无功而返。

生活就是这样，你心怀美好，付出辛劳，现实并不买账，它要让你一而再再而三地追逐，却不向你承诺任何回报。你若放弃，注定再也不能获得；你若继续追逐，回报也非必然。残酷的是，有的人仅一次不经意的偶然，就不费吹灰之力兑现了企望，于是你心怀侥幸，誓不放弃，追逐那个虚幻的偶然，从此，你便踏上了希望与失望交替的精神之旅。

继续沿湄公河前行，金黄色的诱惑贯穿始终。晨曦照耀的江面辉映金黄，夕阳下的沙滩泛着金黄，远方的佛塔闪耀金黄，万绿丛中的庙宇藏着金黄，城市花园的亭阁变幻着金黄，建筑的屋檐和廊柱装点着金黄，刺破蓝天的缅寺尖顶也反射着金黄。踏上异邦国土，穿梭于广告林立的大街小巷，金黄的诱惑越发肆无忌惮，满街流动的袈裟炫耀着金黄，成群的佛塔、寺庙、宫殿把金黄连成一片海洋，宫廷图示和国王画像也凸显金黄。站在曼谷大王宫及其二十二座金殿前，我感受着金黄色的刺激，享受着恢宏的金黄色包围带来的莫名惬意，直至色晕。

记忆中的色晕还有多次，但色盲的遭遇只有一次，那是数十年前见证日全食的经历。那时正值少年，与小伙伴打闹于一座楼房的平台，忽然间天空陷入莫名的昏暗，原以为是暴雨来袭，抬头观望时，太阳竟然变成了一枚空心大戒指，孤零零挂在暗蓝色的天空。无知的我们正在惊恐，细细的"大戒指"也消失殆尽，世界坠入一片黑暗。失去了鲜明的色彩，我第一次感到色盲的恐怖，连未来都没有了方向感，甚至联想到了双目失明的境遇甚至死亡。

　　一次转瞬即逝的奇特经历，使关于光亮的色相、明度和饱和度变得敏感，我恐惧黑暗，恐惧成为色盲，也不甘于色弱，因为想把世界看个究竟。我不是摄影家，但却想追逐世界变幻的色彩，感觉那是追寻自由的境界，畅快无比。

　　曼谷是莫名追逐的最后一站，我忽然萌生了一个驱之不散的念头，想登上一个制高点，俯瞰这个东南亚特大城市的落日，领略一番太阳坠落时究竟如何制造大都会的金黄。离开曼谷的前一天下午，我在住地酒店的四楼参加一个活动，当太阳渐渐偏西，窗外刺眼的阳光变得越来越柔和时，我看到金黄色的光芒透过窗帘缝隙射进了会场，墙壁、沙发、桌椅和地毯开始流金，随之大脑透视的空间呈现金黄一片，内心也蠢蠢欲动，未等主持人宣布散会，就忘乎所以扮演了不速之客的角色，手持照相机溜出会场，沿着阳光穿透的过道来到电梯间，径直奔向顶楼玻璃墙幕环绕的阳光大厅。

　　这是一个视野极佳的超高层观景平台，整个曼谷被踩在脚下，俯瞰街市风光，犹如站在机场指挥塔上眺望银鹰起降，充盈着满足感。黄昏悄悄袭来，曼谷渐入梦幻，透过青白色的雾霭，一轮金黄的太阳无力地挂在遥远的天边。温情的阳光下，无边无际的曼谷高楼像数不清的积木，从我脚下向四面八方扩散，夕阳斜射之处，一幢幢玻璃墙幕的大楼反射着金光，比肩接踵的建筑物镀上了夕阳的金边。换个角度俯瞰街景，丝丝游云从城市上空飘过，似风中的棉花，又像轻飘的羽毛。游云下面，都市车流如同电控玩具不停地穿梭，湄南河似一条金色的蚯蚓，扭动着身躯向远方的绿荫爬行。一群候鸟扑腾着翅膀从观景平台前箭一般飞过，瞬间就消逝得无影无踪。当游云和雾气混合在一起飘散时，又一批候鸟飞越建筑群，变换着队形飞进云影霞光，翅膀的投影把楼宇的金光剪断，又在阳光照射下复原。

观景平台上悄无声息，尽情享受曼谷辉煌落日的，只有我独自一人。俯瞰城市风光，遥望浩瀚无垠的苍穹，我感到了从未有过的快意，一种极尽奢侈的快意。世界本属于所有地球的臣民，空气、阳光、水分、色彩无时不在，人人可以追寻，可以尽享，但此时此刻，如此壮丽、如此辉煌的风景居然为我独享，被我霸占，令我如醉如痴。

寺庙的钟声敲响，淡淡的雾霭下，太阳变成了一个美丽无比的大金橘，又圆又艳又水灵。金橘触摸着地平线，千佛之国沐浴着最后的灿烂，曼谷的四百多座寺庙金光闪闪，向天空释放着曼谷王朝行将褪色的金黄。这是二百三十多年文明史渲染的色彩，从拉玛一世到拉玛九世经历的战争与和平、政变与谋杀、纷争与妥协、破坏与建设，统统汇集到金黄的光芒中，辉映到无边无际的世界里，在迷离的天穹写下无数充满悬念的传奇故事。

夕阳终于褪尽，天空燃起了最后的红霞，广袤大地在暗红色天幕下凸显出一道巨大的弧形，地球在日月交替中肆意展露着诡秘的面容，赐予我无尽的遐想空间。梦幻的世界，金色的曼谷，爱恨交加的人间，神秘而美丽的乱世，此刻寰宇无言。

　　我伫立在一个异国首都的高楼，任凭时光静静地流淌，贪婪地享受着发现之美，宁静之美，生命之美，享受着江河奔流、血脉奔流、意识奔流带来的由衷快乐。同样的世界，同样的日月，同样的天空和大地，此刻竟变得如此动人，如此神奇，如此不可思议，仿佛一切都为我而存在，为我而展示，我也为之动容。

　　莫名的追逐，收获了意想不到的惊艳，拥抱了世界，撞见了顿悟，洗礼了灵魂。有了这一切，过往的挫折与委屈、痛苦与忧伤、成败与得失，都已变得无足轻重，以至烟消云散。

　　命中注定，莫名的追逐还会继续。

感悟生命

我居然经历了一次死亡前的感受，太不可思议了！

那时我孑立在青海湖边，一片湿地是落脚处，薄冰漂浮在水面上。我静静地想，如果我死了，就躺在薄冰上，头枕一蓬柔软的青草，仰望着蓝天白云，尽情回想大西北的辽阔和壮美，做一个远离喧嚣的、永恒的宁静之梦……

发生在十多年前的那次死亡奇遇，既烂漫又美丽，丝毫没有恐惧感，真的没有，一点都没有。心如止水般宁静，无所畏惧地、无忧无虑地迎接死神的到来，甚至伴有一丝幸福感，感到那是没有任何精神负担的归宿，是大自然的召唤，仅此而已。那种奇妙的、不可思议的体验，只有在苍凉的美丽中才会诞生。

记得是初冬，我从四季如春的昆明来到寒风乍起的大西北，领略大漠内外的萧瑟风光，探访黄土高原的历史文化，沉醉于辽阔西域的神秘和古丝绸之路的传奇故事中。戈壁荒原的邈远沉寂，天山积雪的雄奇圣洁，腾格里沙漠的浩荡绵延，西夏王陵的神秘莫测，黄河落日圆的辉煌壮丽……一幕幕超自然的瑰丽画卷不断冲击我的视觉神经，一个个前世今生的掌故传说闯入我洞开的记忆之门，令我大开眼界、惊奇震撼、兴奋不已。我尽情享受大西北无垠的原野、千变万化的风土民情带来的快乐和心灵洗礼，以至于到达青海湖的时候，早已忘乎所以，忘了这个被藏语称为"错温波"的地方已是高原腹地，海拔有三千二百多米，在冬季植被稀少的情况下，初来乍到的人一旦激动或体力透支，很容易引起高原反应。

于是，在遥远的西北高原，在远离喧嚣的那块净土上，我经受了一次生命的洗礼，阴阳交错，无序漫游，无助也无须帮助地等待了些许时光，感悟着脱离扰攘尘世的纯洁和安谧，感受着莫名的心灵抚慰和超自然的回归。

越野车在一马平川的公路上疾驰，隔着窗玻璃，我一路被雪山、草地、羊群和远处蔚蓝色的湖景所吸引，不断让司机停车，用照相机贪婪地捕捉大自然在光影下变幻的瞬间。汽车刚刚靠近青海湖湿地，我就急不可耐地跳下车，踩着湿地上的草垛和冰块奔向湖边。

进入冬季，西北高原白昼的气温已下降到零下摄氏度，青海湖边的绿荫已褪尽，田园和湿地一片褐黄，羊群在寒风中啃着草根，孤独的海鸟拍打着翅膀，发出无助的叫声；寒风凌厉，游人无踪，辽阔的湖滨尽显萧瑟的静美。贪恋湖景的我疾步前行，从一个草垛跳向另一个草垛，逐渐接近了薄冰飘移的湖面。

忽然，心脏咚咚咚敲打我的左胸，越敲越厉害，我感到那个尖状的肉体像脱缰的野马撒野狂奔，像要蹦出胸腔，离开我的躯体，于是我停住脚步，试图重新平静下来。我想屏息放松，尽快恢复常态，但却怎么也控制不了激烈的心跳，兴奋中的我尚未明白到底发生了什么事，呼吸已开始变得急促，接着，阵阵窒息感当胸袭来。我本能地大口大口喘气，做着深呼吸，然而呼吸通道似乎已被阻绝，整个胸腔窒息难耐。高原反应！这时我才恍然大悟。

闭上眼睛，我站在原地再不敢挪动，煎熬地等待咚咚乱跳的心脏重归于静。这时意念已无法指挥身体，那个尖状肉体继续狂跳不止，想从喉咙下面往外蹦出。大约站立了两三分钟，症状仍未缓解，我只感到两眼一花，草地、湖水和天空都摇晃起来，大脑刹那间变得一片空白。于是我想，也许我快要死了，死在美丽的青海湖边。

白云在蓝天缓缓飘过，冰面掀起的清风吻着我的脸颊。时间静静地流淌，我不知所措地、平静地等待着死神的来临。透过潮湿的眼眶，我看见白云正压向湖面，深蓝色的湖水泛着道道亮光，晴空在闪电，阳光依然晃眼，风暴却从远山刮来。恍惚之间，腾格里沙漠呼啸着向我袭来，一队看不到边的骆驼迎着飞卷的黄沙顽强地前行；巨大的天幕下，怪石嶙峋的贺兰山脉在戈壁荒原上渐渐升高，黑压压的骑兵队从地平线上飞驰而过，卷起铺天盖地的尘土；西夏王陵周围，旌旗在人潮中舞动飘扬，兵马阵阵喧嚣，天地间一片刀光剑影……

这是天与地的换位，阴与阳的会晤，生与死的颠覆。我在静静地等待，等待一个天籁之音的呼喊，等待来自遥远的、未知世界的召唤。没有丝毫死亡的恐惧，一切遭遇、苦难和挂牵都已淡化消失，只有辽阔、壮丽的大西北与未来天堂融合在一起的神奇、邈远和难以名状的安恬感。

不知过了多久，停滞的时光重又开始流淌，恍惚之间，激荡的心重归平静，我的呼吸也变得舒缓起来。这时我知道，我没有死，死神邀我同行，我却犹豫不决，没有挪步。一个苍凉而又美丽的梦幻，只是生命之神对一个疯狂热恋大自然的旅者的真诚回报。

湖风拂面，冰凉又温馨，我伸手搓了搓脸颊，感知很明显，皮肤刺疼的触摸感告诉我，这一切并不是梦，是现实，亲身经历的现实。朦胧之中，我闭上双眼，试图再一次回到消逝的梦里，寻觅先前的失忆感，重温一番历史与现时交错的奇特幻觉，领悟自然魅力、人类创造力和破坏力带来的跨越时空的震撼，但这时候，一切尝试都已徒劳无益。高原的清新空气令我充满了舒心的快感，辽阔的青海湖又涌动起了我心中的波涛，大脑清晰地告诉我，我还正常地活在当下，在享受大西北冬季的壮美风光，美丽的青海湖紧紧地拥抱着我，一刻也没放松。我是幸运的，我为大西北而来，大西北没有抛弃我，它无私地为我赐予了一切。

思维恢复正常，思绪又活跃起来。

以往无数次想过死亡，下意识的、模糊不清的闪念，似乎离自己遥不可及。老一辈说生死由命，并不是迷信，而是一种超脱和大度，要人凡事不应谨小慎微，而应放弃顾虑，乐观旷达，顺其自然。生不能左右，只是一种与生俱来的被动，不能逃避，只能接受；死也不能左右，那是生命的极限，容不得抗拒，也无法挽留。既然如此，那就坦然面对吧，把死也看成有如生一般的绚烂，这才是一个完整的人生。经历了青海湖边的遭遇，我心怀释然：我的人生多了一段绚烂时刻，那一刻多么难得，多么奇特，多么珍贵，那一刻始终绽放着大西北苍凉的美丽，绽放着我的生命光辉！

远山在落雪，青海湖上空却依然阳光灿烂。我独自站在湖边，深深地呼吸着西北高原洁净清新的空气，遥望着一望无际的蔚蓝色湖面，遥望着清澈耀眼的蓝天白云，尽情享受生命赐予我的快乐。此时的快乐，是发自心灵深处的无与伦比的快乐。这就是灵魂的快乐吧？

人们通常把快乐分为三种层次，第一种是肉体需求的快乐，无非是吃、喝、睡、性，它与生俱来，满足了物欲需要即有快感，维持了动物性的本能；第二种是精神需求的快乐，有如亲情、友情、阅读、欣赏、观光、旅游以及一切审美活动，把快乐提升到了脱离物欲的文明阶段；第三种是灵魂的快乐，达到了忘我的境界，从写作和一切艺术创作中获得快乐，从探索未知世界的发明创造中获得快乐，从帮助他人中获得快乐，这些快乐就是灵魂的快乐。这个层次的快乐抛弃了功利的考量，只受良心的驱使，只听文明世界的召唤，它伴随着自由的、心甘情愿的牺牲，绝无精神负担。有幸的是，在青海湖边，我获得了一次与众不同的灵魂快乐，在生命的去留中忘记一切得失，抛弃所有杂念，尽情领略大自然的壮美，感恩世界的无私赐予，这种超凡脱俗的快乐永远无法复制！

金黄的夕阳穿过高原流动的雾气，温情地洒在青海湖四周，远处的雪山放射出耀眼的金辉，牧归的羊群成群结队奔向村庄，发出阵阵欢快的叫声……我完全忘了先前的高原反应，再次加快脚步，沿着可以落脚的草甸大步走向蓝光闪耀的另一片湿地。经历过灵魂的洗礼，我感到地球的空气从来没有这样清新，大地和天空从来没有这样美丽迷人，那一刻，快乐、甘甜、痴迷向我一涌而来！

"啊──啊──"对着一望无际的青海湖，我惬意地大声叫唤，叫声在蔚蓝色的湖面上如风般尽情奔跑，把一个旅者对大自然的人性感悟传到遥远的天边。

"青海湖──我爱你！── 你── 听── 见── 了──吗──"

只会付出、从不索取的大自然没有回答，一如我的母亲从不表白对我的爱一样，她把温情和爱抚化作温馨的霞光，洒遍山峦，洒遍原野，洒遍水域，然后轻轻披在了我的身上。

抹去眼角幸福的泪痕，我举起照相机，把痴情和爱恋凝聚在取景框里，对着苍凉的美丽疯狂地按动起快门。

雪原上的猫

二十多年了，那只猫，那个可爱的小精灵，一直在我的记忆深处躲藏。每遇到下雪，或是看见别的猫咪，小精灵就眨巴起那双古灵精怪的眼睛，发出喵喵的叫声。

而今，喵喵的声音仍不时出现，不过我已经回到南方定居，再也见不到漫天大雪了。

南方人很少见雪，忽然间遭遇铺天盖地的雪天，那迷茫、惊喜与不期而遇的激动，简直就像一场艳遇。那一年，我游居山东半岛北端的烟台市，第一个冬天，就遭遇了一场艳遇，一场连当地人都罕见的铺天盖地大雪。雪天的混沌与迷蒙彻底打破了我对世界固有形象的认知，仿佛一下子被扔进了另外一个星球，瞬间失去了方向感，身与心都降临到动画片里六角形雪花充盈的离奇世界，感觉人都飘飘欲仙了。看着漫天飞舞的雪花，看着无边无际的银色世界，我甚至在想，顺着通往远方的雪道一直往前走，会不会碰到手提竹篮的巫婆和小矮人？

那天清晨，我是被太太的惊呼声唤醒的。

"哎哟！好大的雪！"她激动的声音一下子把我从睡梦中拽出来。

我一骨碌翻身起床，披衣跑向窗户，擦干窗玻璃上的水雾往外看，哇，山野、树木、道路、屋顶、电杆、电线……原先的窗外景色消失殆尽，视野所及之处全是白茫茫一片，人间烟火早已无影无踪。面对超出我想象力的离奇世界，我完全蒙了！

南方的雪是有色彩的。我在南方经历过的雪天，即使雪花飘飞了一夜，到了清晨，也能依稀辨认出大雪覆盖的屋檐、道路和点点绿荫，并且松软的积雪难以堆厚，一遭遇太阳顷刻就融化了。因此，南方人稀罕雪，偶遇阵雪就兴奋得不得了，年轻人纷纷拿起相机跑到室外寻景拍照，换上平日派不上用场的鲜艳冬装臭美一番；孩子们更是玩得忘乎所以，堆雪人、打雪仗、雪地里疯跑……欢天喜地如同过年般热闹。尤其是老式相机普及的年代，一旦碰到下雪天，城市的胶片就会断货脱销。南方人知道，雪是个冷酷的情人，是偶遇的交际花，一阵放肆的激情后，勾魂的美丽就消失得无影无踪了，很难留下什么绵延的情愫。

北方的雪则像个山东大汉，威严任性，说一不二，固执刚烈，一旦下起来就非来个酣畅淋漓，什么都挡不住，就像招待远方的朋友喝一场酒，无论你喝与不喝，山东大汉都率先一饮而尽，犹如林冲雪夜上梁山的预演，抑或是武松直奔景阳冈的前戏，一切都义无反顾，不来半点扭扭捏捏，更不留苟且偷生的后路，似乎葬身虎穴狼窝也在所不辞。

雪花飘飘，大片大片的雪从天而降，那飘落的阵势简直有些肆无忌惮。大雪绝对能改变人的性格，看着恢宏无比的雪天，我急不可耐地换了一双高筒水靴跑下楼，试图想整个身体扑进雪中，体验一番北国寒冬的暴烈与酣畅。踏雪一试，好家伙，积雪竟淹没了膝盖。走还是不走？那一刻我问自己。

雪花飘飘在窗前飞舞，像是有人在敲打窗玻璃。走！一闪念间，决定已经做出。我要深入雪中世界看个究竟，即便是全身湿透，或是摔一跤，弄得感冒发烧什么的也值了，用冒险换取个真正的冬天记忆，也是人生一场不可多得的经历，一种不达目的誓不休的满足。主意已定，我立即返回房间，拿了一台尼康 FM2 老式照相机，径直就往郊野方向摸索前行，南方人哪能错过这样绝佳的赏雪探险机会。

雪依然在下，世界寂静无声，我一路艰难行进，身后留下了一串长长的脚印，不，与其说是脚印，不如说是深坑，乍看就像白色荒原上数不清的树洞形状的坑。那长长的、抗争前行的两行深坑分明是一种宣誓，它告诉高楼上远眺的人们，有一条好汉不畏严寒冰冻，不怕风霜雪雨，从这里开辟了一条探险之路。有了这条路，雪地不再危险，世界不再寂寞，冻僵的生命又已苏醒。那一串串脚印又像五线谱的音符，谱写在道路远方的乐谱上，一路叮叮咚咚，敲打出无数抑扬顿挫的乐声，在雪花飞舞的天地间回响。不断延伸的脚印还似无数双忽闪忽闪的眼睛，在童话世界里东张西望，惊异着天空的神奇，寻找着茫茫世界里生命的痕迹。

不远处是南山，烟台市区的一个公园，平日里郁郁葱葱，楼台亭阁、鲜花灌木盘山绕水，别致园林小景养眼舒心，游人穿梭谈笑生机勃勃。而此刻，除了漫山遍野厚厚的积雪，视野所及之处再无一抹绿色，也无一点暗红，更无一个游人或匆匆过客。我边走边咔嚓咔嚓按动相机快门，贪婪地把各种梦幻雪景摄入胶片，一边气喘吁吁往高处攀登，深一脚浅一脚翻过陡坡，爬上石阶，绕过树林，登上了半山腰的望峰亭。

　　风不大，雪花依然飘飘洒洒，世界万籁俱寂，落雪的城市已被踩在脚下。就在这时，我仿佛听见一个声音顺风飘过来，"喵……喵……"声音细微而颤抖，带着哭腔，像是猫叫，又像羊鸣。屏住呼吸仔细倾听，声音又消失了。

　　脚下的烟台是一个朦胧的、白雪皑皑的、闪耀着奇异天光的城市，城市轮廓仿佛被凡·高用油画笔涂抹成了一幅巨大的印象派绘画，并且有一支巨大的、看不见的画笔，从天外伸进渤海之滨的城市上空，持续挥洒着神奇的画作。那画风绝对是反传统的，它肯定不写实、不严谨，也不细腻，但却以夸张和极其丰富的想象力尽情渲染着世界的壮丽与神奇。是的，如果是在晴天，烟台就像一幅传统的学院派绘画，以规范的格式、精湛的笔触勾勒出渤海之滨的红瓦绿树、蓝天碧海、楼宇街市、轮船码头。那时她像写实画家笔下的天使，张着一双翅膀，依偎在年轻的母亲身旁；或者说她宛若一位美丽的、文质彬彬的少女，总是穿一身碎花连衣裙，挺胸抬头、目不斜视地行走着，朴素、清纯又暗藏着几分高傲。而眼前的印象派绘画却颠覆了传统，它太夸张了，笔锋实在太任性、太随意、太富想象力了，那支无形的画笔漫天涂抹着，挥挥洒洒勾勒出一个无限写意的世界，仿佛所有物体和暗物质都映照在天光下，朦朦胧胧不再清晰，却又处处透露出不可抗拒的诱惑力，一如街市上忽然来了一位身着透视装的女郎，大胆地、无所顾忌地扭动着腰肢，抖动着乳房，摆动着臀部，旁若无人袅袅娜娜迎面而来，抛下一个勾魂的媚眼，留给人们无数香艳的非分之想，然后又如梦如幻地消逝了，而旁观者的思绪却依然在藕断丝连，定格于幻觉之中难以自拔。看着眼前的一切，于是我想，此刻造物主在干什么？他要美化这个世界还是毁灭这个世界？

"喵……喵……"那个奇怪的声音又从风雪飘来的方向传过来，声音凄厉而迷离。我再次屏住呼吸仔细倾听，奇怪的声音却听不见了。应该是风雪的声音吧，我想，风雪扫荡树叶的声音，抑或是风雪触摸草丛的声音。

雪片沾满了我的头发和眉毛，窸窸窣窣飘进我的脖颈，融化在冬装与肉体的摩擦中，刀尖似的寒风从脸上刮过，耳朵如同被一把小针扎过般刺痛，很快就冻得失去了知觉。但这一切我早已全然不顾，此刻，兴奋不已的我恨不能扑进雪原深处，看一看这个陌生世界里到底隐藏着什么我闻所未闻的故事，会不会忽然巧遇雪后阳光，亲自领略到俄罗斯画家作品里那种幽幽蓝色的雪光……那一刻，挑战天寒地冻、探索未知世界的激情融入血液在身体内奔流，一种难以言状的刺激和欣悦感袭遍我的全身，寒冷、恐惧、安全被抛到了九霄云外。

"喵……喵……"奇怪的、颤抖而迷离的声音重又响起，我没再理它。那是风声，我想，这雪原上不可能有猫，或是有猫一样的小动物，毕竟南山在烟台的市区地界，不会有野生动物出没，也不可能有家猫之类的小动物吧，一天一夜的大雪，小动物如果没有巢穴，那早被冻死了！

寒风凌厉，雪花飞舞，我像一尊雕像久久伫立在山头，陶醉、迷蒙、感动在离奇的世界里。照相机的镜头擦了一次又一次，手指冻僵了重又夹在腋下恢复了知觉，只是耳朵仿佛已经死去，即使掐一把也毫无疼痛感，我的注意力全都集中在白雾闪烁的眉睫前方。朦胧、怪异的风景继续在视线中铺展，侧转身看另一个方向，银装素裹、奇妙无比的烟台呈现在灰黄的天空下，山林仅剩下一个模糊的轮廓，街市的线条一片凌乱，犹如一块破碎的玻璃板四散着数不清的裂纹，只有六角形的雪花清晰可辨，纷纷扬扬漫天飞舞，像无数音符飘洒在天空，缀落在大地，融化在茫茫雪原中。透过灰蒙蒙的天空，一盏盏路灯无力地发出橘黄色的光亮，犹如萤火虫在暗夜里忽闪忽闪，告诉人们城市还在沉睡，生命依然存在。极目远眺，只有远处的大海微微透出灰蓝的色彩，像一块巨大的、被弄脏了的调色板，横亘在视线不清的混沌世界里。

我不断变换着身姿和取景框的角度，在崎岖不平的雪地上忘情地寻找入画的风景，边拍照边挪动脚步，转移着观察和取景的位置。忽然，那个带哭腔的声音凄厉地、连续不断地在身边响起，"喵……喵喵……喵喵喵……"这分明是猫的哭声，哭声变得越来越急促而响亮，在悄无声息的荒郊雪原上显得格外刺耳，也格外揪心。我循声找了半天，终于在一根掩埋在雪地里的树根上看见了一只可怜的小猫咪。天呐，这是一只毛色雪白的小猫，要不是它的脑门和尾巴上有几处黑斑，我根本无法在雪地上发现它。小家伙看到我在注视它后，抬起它的小脑袋，两眼直愣愣地看着我，眼神异常地哀怨和可怜，叫声也变得更加凄厉，且一声声越发响亮起来，"喵……喵……喵喵……""喵……喵喵……"那颤抖的、断断续续的哀鸣声向我传达着一个明白无误的信号：快救救我啊！

我迅速收起照相机，俯下身去，用手轻轻扫去覆盖在小猫咪身上的积雪，小心翼翼地抱起它，让它贴近我的前胸，依偎在我的怀里。小猫咪温顺地贴着我，蜷缩成一团，把脸藏在自己的肚皮下面，瑟瑟抖动着身躯。我立即用大衣捂住它早已冻得冰凉的躯体，快步向山下走去。我不知道这个可怜的小家伙到底是家猫还是野猫，也不知道它是如何跑到大雪纷飞的山上来的，但它是一个无辜的、可爱的小生命，我一定要营救它。如果没有我的帮助，它根本不可能走出大雪覆盖的南山，是的，它必死无疑。

下山的路比上山难走得多，我身背照相机，抱着小猫咪，沿着上山时残留的、尚未完全覆盖的雪窝印迹艰难行走，心中充满了期待。我期待把小猫咪带回家，为它做一个软绵绵的小窝，让它躺在暖气融融的屋子里，然后从冰箱里找出一些小鱼，加热后让它饱餐一顿。没错，这小家伙饥寒交迫，肯定早饿坏了。

雪花飘落在我的脸颊和眼镜片上，我的视线变得模糊不清，我深一脚浅一脚摸索着走啊走，不时匆忙间用一只手擦一下镜片上沾满的雪花，另一只手紧紧抱着小猫咪，生怕它从我的怀里摔下来。踏雪行进中，一种高尚的、拯救生命的快感油然而生，眼前的寒冷、劳顿和孤独感早已消逝得无踪无影。

山峰逐渐被甩到了身后，雪花终于停止了飘落，阴霾的天空渐渐呈现出一丝亮色。那亮色起初像游雾在远处飘忽，聚聚散散变幻着若隐若现的形态，后来游雾逐渐清晰起来，最终变成了一片片形状奇异的白云，低垂地悬挂在烟台的上空。海风吹过，白云随风飘散开来，遥远的天空开始露出蔚蓝的底色。雪霁初晴，冬日的阳光软绵绵地照耀在雪原上，大地顿时反射出一片柔和的、纯洁无瑕的蓝色，犹如南极的冰雪世界，美丽极了。我加快脚步走到山下，明显感到怀里的小猫已经被我的大衣和温暖的心胸捂热，先前奄奄一息的小生命开始由蜷缩的一团尝试着伸展四肢，甚至用小脑袋往外拱，试图探出头观察世界，我不得不把大衣打开一个口子，让它从厚厚的衣服里探出头来，自由地呼吸雪后的清新空气。

　　"喵……"小家伙叫了一声。声音细细的，不再是哀鸣，也不是呼救，而是一声呼唤，就像呼唤它的伙伴。我低下头看着它，小家伙也瞪着一双晶亮的眼睛看着我。"喵！"它分明是在向我打招呼。它是在说"我不冷了"，还是在说"我想回家"？我听不懂猫的语言，但从那婉转缠绵的叫声中，我能感受到小家伙在诉说藏在我怀中的舒适感，抑或是传达严寒过后饥饿的信号。我听懂了，小家伙，你再忍耐一下，我们很快就到家了，到了家里什么都会有的。

　　踏雪穿过街道，爬上一道缓坡，离家越来越近了。我一旦跨进家门，家里人肯定会感到惊奇，这太不可思议了，我居然在大雪天捡回了一只小动物，如此可爱的一只小猫咪。对，我应该给它取个名字，一个好听的名字。叫什么呢？"小白"？不，太俗；叫"斑点"抑或叫"山猫"？也不好。还是干脆就叫它"雪花"吧？对，就叫"雪花"。这多么吉祥、多有诗意啊。"雪花！雪花！"我情不自禁低头呼唤起来，小家伙呆呆地着我，居然"喵"地答应一声，它听懂了！

居住小区近在眼前，我和猫咪离家越来越近。楼群建筑之间，扫雪的人们拿着铲子和扫帚，在道路、石级、门厅前忙碌着，仿佛在迎接我和猫咪的归来。忽然，包裹着小猫的大衣崩开了一个口子，嗖的一声，还没等我作出任何反应，小猫咪就从我的怀里猛地一跃，蹦到了地下，跟跟跄跄往回跑去。跑出二十多米远后，这小家伙在雪地上停了下来，转过身定定地看着我，仿佛有些犹豫。我愣了一会儿，才反应过来应该去重新抱起它。我想让它跟我回家饱餐一顿，然后再随它决定去留，它毕竟是一个鲜活的生命啊，需要温暖，需要饮水进食，需要寻找一个生存的世界。我立即跑上前去，弯下身体去抱它，我对着它轻声说："雪花，跟我回家好吗？""雪花"似乎听懂了我的话，它看着我"喵"地回应了一声，那眼神充满了温顺和感激。我慢慢蹲下地，伸手小心翼翼去抱它，然而就在我的手即将触摸到它身体的时候，"雪花"又喵地叫了一声，然后掉转身就往回奔去。这一次它跑得飞快，而且再也没有回头，它义无反顾朝南山方向箭一般飞奔而去。是的，它的最后一声叫唤分明是一声拒绝，"喵！"应该就是"不！""不，我要回家！"它说。抑或是一句深情的道别，"走了！""我该走了！"小猫咪说。

此刻我听懂了，生命的语言都是相通的，这个世界上，只有我听懂了这个小精灵的语言。它说，钢筋水泥不是它的家，铁笼、猫舍不是它的家，嘈杂的、扰攘的世界不是它的家，它只喜欢山林和原野，宁静的、多彩的、生生不息的山林和原野。它的家，就在茫茫大雪覆盖的南山。

雪早已停了，雪地上的阳光显得格外耀眼，在隆起的地方反射着悦目的、舒心的蓝光。"雪花"跑过的地方，留下了一串密密麻麻的脚印，和一条拉长的、车辙似的痕迹。我呆呆地看着它消失的方向，眼前不断闪现着那个小精灵的身影，尤其是那个带黑斑点的小脑袋，还有那双充满幽怨的眼睛。

白云躲到了遥远的天穹深处，胶东半岛的天空变得湛蓝湛蓝，化雪的时刻已经来到。我一个人站在雪地上，深深地呼吸着渤海湾畔沁人心脾的空气，心中想，雪原上的猫到底是家猫还是野猫？平日里它吃什么？晚上住在哪里？它有家吗？它有伙伴吗？这些问题现在都已经无关紧要，重要的是大雪终于停息了，天寒地冻已接近尾声，大地上万物行将苏醒，所有生命又开始复苏了。

"雪花"的生命也复苏了。

朝圣雪山

一

不要以为人很伟大，在雪山面前，他实在渺小得可怜；不要以为你什么都已见过，当第一抹阳光把黑暗中的雪山涂上一层金色，你会被大自然的魔力折服，甚至失魂落魄。从贡嘎雪山归来，我对所有熟识的人宣泄了这番感慨。

这绝对没有夸张。朝圣过雪山之后，我悟出了一个道理：神秘来自探寻未知世界的渴求，以及未知世界若隐若现的变数。雪山现身的变数实在太大了，大得你根本无法预知和想象，数不清的悬念总是使你处在永无休止的亢奋之中，欲罢不能，以至于根本不顾可能危及生命的高山反应，也要铤而走险探寻未知的世界。于是，看过日照金山的神奇和美丽，期盼过云雾飘散、雪山露脸的神话，我终于明白，为什么在埋葬登山者的雪线上，一批又一批冒险者依然要告别亲人和挚友，带上救命的氧气与神灵不知的幻想，不顾一切向直插云天的雪峰发起冲击。

实际上，前往贡嘎雪山之前，我已多次登临过丽江玉龙雪山。这座美丽的雪山让我陶醉，让我遐想，带给我愉悦，但并没有令我感动、震撼和折服，原因是玉龙雪山高五千五百九十六米，而观赏雪山的地点在海拔四千五百米以上的索道站附近，相对高差只有一千米左右，视觉冲击力有限。而观赏贡嘎雪山则不一样了，索道站的观景台海拔只有三千六百多米，而贡嘎主峰高达七千五百五十六米，相对高差接近四千米。站在观景台上仰望近在咫尺的贡嘎雪山，仿佛一只蚂蚁仰望一个擎天巨神，人在瞬间变得异常渺小，而云雾之中变化无常的座座雪峰却显得高深莫测、神圣无比。此刻，假若你心静如水，抛却杂念，假若你放飞自我，回归纯真，原先的观赏就变成了一种朝圣，雪山，也变成了朝圣者心中永远的神。

二

　　对于一个钟情大自然的人来说，日出和日落时分的雪山奇景实在太诱惑人了。我一直朝思暮想，无论如何要选择一座雄奇险峻又具有象征意味的雪山，在劳顿之余和身心疲惫的时候前去登临，彻底放松一下如同上了弦的弓箭般的大脑，接受一番远离纷争和无瑕世界赐予的心灵抚慰。

　　此行本来是要直奔西藏林芝观看南迦巴瓦峰日出的，跑过茶马古道采访的同事一直在诱惑我，说南迦巴瓦清晨的第一抹阳光是世界上最美的阳光，只可惜滇藏公路正在大规模翻修，于是我和同伴临时改变主意，把朝圣的对象锁定了横断山脉的第一高峰──贡嘎雪山。

海螺沟的三号营地是观赏贡嘎雪山的最佳驻地，所以无须商量，到达海螺沟后，我们一行三人几乎同时决定了留宿的地点非三号营地莫属。尽管一号营地接待条件更好，二号营地可以享受温泉的洗礼。

严格说，进驻三号营地还没有开始登山，但我们已历尽了千辛万苦。从昆明西进楚雄，北上穿行元谋土林，跨过金沙江，上西昌、经冕宁、下石棉，再沿大渡河边的坑洼烂路颠簸大半天，才拐上了通往海螺沟雪山景区的旅游专用路，最终靠近了攀登贡嘎雪山的三号营地。于是我想，越是难寻的东西，才越是诱人；越是历尽千辛万苦，寻觅到的东西才越珍贵。

以编号命名宿营地，是专业登山运动员留下的创意，其实现在海螺沟的几个"营地"都已建起了条件不错的宾馆，我们下榻的三号营地实际上就是一个三星级宾馆。宾馆所在地的海拔只有2600多米，但位置极佳，处于一个山洼的拐弯处，避开了遮天蔽日的原始森林遮挡，站在宾馆门前的公路边抬头远望，就可以看见云雾中的贡嘎雪山。不过，这只是一个理论机会，因为一年四季的大部分时间，贡嘎雪山总是藏在漫天云雾之中，有人为了一睹它的尊容，三赴海螺沟全是无功而返，贡嘎雪山由此变得越发神秘莫测。

朝圣雪山需要虔诚，需要耐心。

三

　　进驻三号营地时不到下午四点，离日落还有两个来小时，放下行李，我就急匆匆出门观察，看看有没有运气看见神山贡嘎魅力无限的雪峰。

　　宾馆正门的公路边有一个木制的观景台，登上观景台仰望，正前方就是贡嘎雪山出现的位置。然而此时云遮雾罩，除了宾馆周围高高的针叶林清晰可见外，半山腰以外的地方全被游云和雾气挡住了视线，雪山，只能以曾经见过的照片形象出现在脑海中，并且随着云雾的飘移改变着虚无缥缈的雄姿，真实的雪山像皇帝一样藏在后宫，不到恩典的时刻怎么也不肯露面。

　　三号营地距登山的索道站还有好几公里远，森林里夜长昼短，不知不觉中，夜幕已然悄悄降临，此时登山已不可能，于是在营地周围稍作观察，我们就回到房间歇息，准备养精蓄锐迎接第二天的朝圣。

　　夜幕和湿气揉作一团，刹那间就包围了三号营地，嘈杂的人声在小院中响起，晚归的登山人陆续撤回到驻地，寂静的宾馆小院顿时变得热闹起来。不大的餐厅，晚饭的氛围充满了雪山文化内容，在昏暗的灯光下，人们用五湖四海的方言大声谈论着跨越冰川的感受，宣泄着用镜头捕捉到雪山露脸时的惊喜，特别是与女士同桌的先生们个个兴奋异常，他们提高声调，手舞足蹈地描述着，一面频频环顾四周，毫不遮掩地向邻桌的陌生人炫耀着有幸看到雪山的不凡经历，言下之意是说：看，我们的运气多好！你们明天就不一定能碰到好天气啦！

还没登山的人开始变得焦躁起来。"看到贡嘎主峰了吗？""山上有没有雾？""索道拥不拥挤？""用不用穿大衣？"……天南地北的游客不失时机地相互打听着，力图获取哪怕一丁点儿雪线上的信息。离开餐厅时我已意识到，海螺沟的救世主只有一个，那就是贡嘎雪山，在这里，世界上的一切都已经被神秘而神圣的雪山颠覆。

雪山的魔力和神威化作有形无形的空气、星光和人们口中呼出的白雾，弥漫在川西高原充满绿荫的山沟深处，不管你来自何方、是男是女，也不管你心境怎样、信仰如何，只要你来到贡嘎雪山身边，即使还没有机会看到穿云破雾、银光闪耀的雪峰尊容，你就会变得兴奋异常、魂不守舍、虔诚无比，就会莫名其妙地感受到天赐红运般的幸福与吉祥一步步向你走来。

这一夜，我在森林、云霭、阳光和雪山交替出现的幻觉中，似睡非睡期待了一个通宵。

四

手机的闹铃声穿透无序延伸的梦境，把我从色彩斑斓的云里雾里拖出来，扔到暗夜包围的席梦思床上，我猛然掀开被子，一咕噜翻身下床，打开刺眼的电灯，力图让紊乱的思维时空尽快回到正常状态。此刻是清晨五点四十五分，窗外还一片漆黑，但小院里已传来说话声和急促的走步声，这声音告诉我，期待迎接贡嘎雪山第一缕阳光的人们，已开始出发前往早已选定的地点，抢占有利位置等候高山曙光的来临。我用以秒计算的速度瞬间完成了穿衣、如厕和漱洗打理，背起早已准备好的照相机，匆匆汇入黑夜中涌动的人流。

星光藏在铅灰色的、厚重的夜幕里，台阶和路面仍然看不清，借助宾馆窗玻璃后面透出的微弱灯光，我小心翼翼地摸索到了森林环抱的观景台前。抬头一看，不由得倒抽了一口冷气，天呐，观景台上黑压压一片人群，面向雪山的方向早已被摄影三脚架全部占满，"长枪短炮"把有限的空间填得严严实实，仿佛林涛里也掺杂了金属的碰撞声。我不顾一切挤上观景台，高举照相机一步步挪向靠前的位置，口中不停地说着"对不起！对不起！"终于，若隐若现的山峦和森林取代了充斥在视线中的后脑勺，我从人缝中找到了一条用长镜头连接云天和山峰的通道。

雾霭逐渐散去，铅灰色的天幕开始呈现暗红色，人们在寒风中翘首以待，虔诚地盯住游云缠绕的贡嘎雪山，期盼茫茫云海赶快随风飘去，让神奇的雪峰尽展巍巍雄姿。没有人大声说话，也没有人因为互相挤碰而发生口角，圣洁的雪山，使大家变得心胸宽广，学会了忍耐、包容和关爱别人。

天穹似暗非明，浓云悄悄隐去，覆盖在森林和山峦上的重重雾障只剩下了一层薄薄的轻纱，暗淡的贡嘎雪山终于露出了造型险峻的轮廓。忽然，一道金光划破薄雾笼罩的天穹，在贡嘎雪山高高的群峰上镀上了一层金色，"来啦！"人群里一阵骚动，仿佛改变命运的神灵一朝降临，照相机的快门响成一片，人人脸上都绽放出了久违的笑容。

此刻大约是清晨六点十五分，天空尚未放明，群山依然暗淡，唯独鹤立鸡群的贡嘎雪山傲视群峰，沐浴在金色的阳光中，独享大自然慷慨的赐予。尽管"日照金山"的景象只持续了一分钟左右，海螺沟就回到了云雾世界，但黑暗中突现一片光明，暗淡中展示了几多华丽，沉寂的世界有了生气，失望的人们重又燃起希望，这一切微妙变化和强烈反差，足以使金光照耀的贡嘎雪山变得神秘无比、威严无限。当第一缕阳光照耀贡嘎雪山的时候，当神力四射、高不可攀的雪峰辉映灿烂金光的时候，高贵的人、卑贱的人、精明的人、狡猾的人、放肆的人、放荡的人……全都老老实实回归了大自然臣民的平实本色。

五

神圣雪峰的一分钟显灵，把慕名而来海螺沟的人们搞得神魂颠倒，匆匆吃过早餐，看过日照金山的人流又不约而同涌向数公里外的索道站，准备乘缆车直达三千六百多米处的雪山观景台，近距离仰望贡嘎雪峰的雄姿。

　　有越野车帮忙，我们捷足先登赶到索道站，登上了头一班缆车。"但愿山上云开雾散"，当缆车飞越亚洲海拔最低的冰川带时，我在心中默默地祈祷。透过缆车的窗玻璃，但见云海翻腾，雾幔飘移，森林忽隐忽现，冰川在脚下犹如灰白色的动物爬行，凌空的飞越给人以闯入蓬莱仙境之幻觉。然而，美不胜收的高山奇景都是朝圣雪山的前奏，所有登山人的心中此刻惦记的只有一个形象，那就是蓝天映衬、白云装点、魅力无限的贡嘎主峰。

　　索道终点站与雪山观景台连在一起，下了缆车，拔地而起的贡嘎雪山就如同一个擎天巨人站在游人面前。"太美了！""简直就像天宫！""震撼啊！"……赞美之声此伏彼起，人们忘情地拍照留念，摆出各种姿势定格在镜头中；有人若有所思地凝神仰望，表情充满了幸福与期待。其实，此时贡嘎雪山的群峰还没有完全露脸，偌大一片白云悬挂在雪峰上，朝圣者心中伟大的神灵藏在苍天特制的屏风后面，人们只能领略贡嘎雪山直插云天的巍巍雄姿，却没有交上一睹圣洁雪峰的运气，照相机的镜头，只有对准了从半山腰倾泻而下的、一公里多宽的巨大冰瀑布。

　　时间在寒风和流云的絮叨中飞快流逝，风吹云动，白云飘走一片又来一片，老天就像有意在捉弄人们。半小时很快过去，心急的人开始躁动起来，有人拍完照片，急匆匆准备打道回府，当一群抱怨老天不公平的游客乘缆车驶离观景台后，奇迹出现了：覆盖在贡嘎群峰上的云雾蓦然被一双无形的巨手扯开，一道明媚的阳光从高高的天际直射雪峰之上，贡嘎神山终于露出了它圣洁的、闪耀灿烂光华的容颜。

雪，洁白无暇的雪，晃得人几乎睁不开眼，7556米的巨人在万里晴空微笑，金黄的、银白的、灰蓝的光柱照射着郁郁葱葱的海螺沟，漫山遍野的森林辉映在蓝色雪光中。观景台下，先前灰色的冰川变得五彩缤纷；远处，高悬的冰瀑布呈现一派冰清玉洁、熠熠生辉的奇景，犹如天河从雪山丛中奔流而下，一泻千里。令人称绝的是，这一刻，贡嘎雪山俊俏的雪峰在湛蓝的天幕下尽展雄姿，而半山腰却缠绕着朵朵飘飞的白云，柔软的白云在阳光下缓缓游动着，变化着，恰似天公为神圣的雪山献上了片片洁白的哈达。

我在震撼中沉醉和遐想，尽情享受童话般的生活感受，不断变换着照相机的焦距，把雪山美景贪婪地装入数码相机的储存卡中。气候变暖了，海水涨高了，沙进人退了，太湖和滇池变脏了，莽莽亚马孙丛林缩减了，连北极和南极大陆的冰面也在消融……这是地球伤心的泪吗？圣洁的雪山啊，但愿你不要再被玷污。

赏心悦目的奇妙景象持续了十来分钟，一片薄云就飘移到灿烂的神峰之上，贡嘎雪山又躲到了"屏风"后面。我相信，这一定是雪山在暗暗哭泣，哭泣的雪山怎么好见人呢！果然，薄云越积越多，越积越厚，刹那间，所有雪峰都藏到了云雾后面，没等人们回过神来，更多的流云就像大海涨潮般从山顶向山腰席卷而来，最终覆盖了整座贡嘎雪山。再后来，海潮般的云雾一片片、一团团涌到了我们脚下，海螺沟完全被湿漉漉的云海雾浪包围，能见度只剩下了两三米的距离。

乘坐缆车下山时已无景可赏，面对黑夜般的天空，我在想，幸运不可能总与人相伴，一天之中能两次见到雪山，领略了大自然的伟大与神奇，我已经够幸运了。人要知足，知足者常乐；人还要会感恩，我如愿以偿见到了神圣的雪山，应该感谢苍天。假如苍天是一个虚无的概念，那感恩的方式就应该是爱护环境、关爱别人、多做善事。我庆幸看到了赏心悦目的雪山，更接受了一次心灵的洗礼。

这是公元二〇〇七年九月二十八日上午十点三十分，从缆车上看出去，海螺沟又一次笼罩在雾气和阴霾中。而此刻，我心灵的天空沐浴着温暖的、灿烂的阳光。

一丘田六号

一丘田六号是我的命根子，从童年到少年，从少年到青年，二十多年的清贫生活，我断断续续在这里度过，母亲点燃的火盆，一直燃烧在我的记忆深处，像寒冬围炉般温暖着我冰冷的心。

一丘田六号残存着我逝去的年华，它从来不与我商量，就闯入我的大脑中不断回放，一遍又一遍，翻不过去，更删除不了，犹如过电影般情节生动，语音犹存，只是一些片段被心酸的情结弄得模糊不清了。高兴时，难过时，热烈时，平静时，年轻时，年迈时，无论白昼还是夜晚，那个狭窄的小宅院与我青少年时代的酸甜苦辣形影不离，以至后来搬过五六次家，淡忘了许多经历，但永远也抹不掉的记忆，依然是清贫而温馨的一丘田六号。

我上大学期间，那个六号门牌忽然被改成了五号，然而我从未背叛一丘田六号，五号门牌不属于我，我只认识六号，生命中的一丘田六号。

整个童年和少年，一丘田六号左右着我的饥饿和冷暖、幸福与悲伤、前途和命运。每当想起它，我的心中就有一种触电的感觉，血管在膨胀，思绪漫无边际地穿行，往事与激情注入血液来回奔流。

一丘田六号在我脑海里定格的画面太鲜活了：土墙斑驳，门板破损，青瓦残缺，地衣滋生；青石板，墙角草，仙人掌，野蛐蛐……一切相距遥远，又近在眼前。如今，我的女儿早已超过了我住在一丘田六号时的年龄，但那狭小天井周围打滑的青苔，阴沟里窜出的老鼠，格子门转动时穿透夜空的响声，劈柴时敲击石阶的共鸣，起火烧煤时熏出的眼泪，父亲挑水的佝偻背影和外婆形似古树般的满脸皱纹，还有亚热带暴雨袭来时害怕院墙顷刻垮塌的恐惧，都已经永远沉淀在我的心灵深处。

　　一丘田六号靠近一个湖。湖的名字非常好听，叫翠湖。昆明人没有不知道翠湖的，但昆明人大都不知道这个城市还有一个来自农村的地名——一丘田。一丘田太小太闭塞，小到住在那里的几十户人家时常担心自己被世界遗忘。那时，人们异地交往全靠书信，一丘田的人唯恐收不到亲友来信，刻意在收信地址"一丘田"的前面加上临近小街的名字，于是，残留着糨糊香味的邮票和写着"登华街一丘田六号"字样的信封，以及躲藏在信封里的无限期盼和辛酸回忆，伴随我度过了二十多个充满不期幻想的春夏秋冬。

　　其实，一丘田不过是登华街的一条岔路，登华街在路口不远处拐了个弯，才多出了半圆形的那条小路，取名一丘田。只不过，登华街和一丘田的知名度大相径庭，登华街直通昆明市中心的五华山，早年是一条登山路，故名登华街。沾了名山的光，待遇也不同，登华街全由青石板铺路，行人来来往往，路面被踩得光滑锃亮，当年已经算漂亮的路了。一丘田的路则是泥巴路，路两边的墙角长满了杂草，藏着许多蛐蛐，一到雨季，泥巴路就被行人踩成烂泥，我雨天放学回家，都要在大门外用瓦片刮掉鞋底上厚厚的稀泥，才敢迈进家门，满裤腿沾上的污水和淤泥，只能让时间和体温捂干，再用双手搓掉糊在裤子上的泥块。后来我干脆高高地挽起裤腿，赤脚踩水踏泥去上学，回家后再用水洗脚，以对付讨厌的雨天。有一次，我的光脚踩在泥地的一块玻璃上，划得脚掌鲜血直流，伤口感染发肿，差点死于破伤风。从那以后，我才重拾起瓦片刮泥的老办法，直到后来修起了水泥路。

一丘田六号的日子是半饥半饱的日子，定量供应的大米、蚕豆和苞谷面，都是我们一家七口人的主食，偶尔也有白米饭和红烧肉的飘香，我一直以为那就是人类梦寐以求的天堂，但懂事以后才知道，当我们姐弟四人狼吞虎咽享用难得的美味时，外婆、父亲和母亲却在悄悄吃着剩饭剩菜。

一丘田六号的破败令我刻骨铭心，小院的木柱一天天腐烂，楼梯、楼板被踩出了坑，走起路来嘎吱作响；天井里一年四季阴冷潮湿，每逢冬天，我彻夜蜷缩在棉絮外露的被子里，天亮时双脚仍然像贴了冰片一样冷。雨季来临时，父亲总是紧锁眉头，外面下大雨，家里下小雨，父亲搜出所有的脸盆、痰盂缸、口缸用来接屋顶漏下的雨水，但那些顺着天花板四散溅落的残雨飞沫，却怎么也接不完。眼看糊在小院土墙上的泥巴不断剥落，我总害怕整座房屋在暴雨中垮塌下来，夜里不时做着噩梦。幸好老天有眼，虽然雨中的墙壁露出了残缺的土基，但几根歪斜的柱子总算支撑住了房梁，才没把我们一家人埋葬在小院中。

点不起蜡烛，是油灯伴我读完了小学的前几年。我明亮的双眼在昏暗的油灯下逐渐浑浊，早早变成了近视眼。后来通了电灯，几支十五瓦的白炽灯如同行将坠落的夕阳，温暖着一丘田六号狭窄的小屋。但凡不停电的夜晚，大人们拖来小板凳，围坐在忽闪忽闪的灯下，外婆纳鞋底，母亲补衣服，父亲翻看着纸页发黄的《红楼梦》或唐诗宋词，而顽皮的我们弟兄早已跑得无影无踪。

　　一年一度的春节是那个小院最温馨的时光，父亲按照滇西老家的风俗，买来一些松毛铺在楼板上，全家人席地而坐，品尝母亲做的美食。母亲的菜是我这辈子吃过的最美味的菜，一个凉拌藕条，可以调动我一生的味蕾：蒸熟的莲藕切成条，拌上捣碎的炸核桃仁、花生碎、香菜和各种佐料，那香甜可口的滋味，至今仍然是一丘田六号家传的一绝。但在那个逝去的年代，母亲制作的所有美味，都要靠平日省吃俭用甚至半饥半饱来换取。

　　我在一丘田六号送走了外婆、母亲和父亲。直到现在我还在想，外婆不是被冻死的，就是被蚊虫叮死的。大约九岁以前，我一直和外婆住在一起，那是一间一半墙壁埋在地下的屋子，永远也照不到太阳，阴冷的土坯墙和泥巴地终年透着湿气，冬日就如同冰窟窿一般，进到屋子里全身都要打战。夏天，成群结队的蚊子钻进我和外婆撕开了洞的破蚊帐，我的身上到处是蚊虫叮咬留下的小泡，以及熟睡时手指乱抓划出的血痕。那时我特别顽皮，白天在街巷里跑得精疲力竭，夜晚呼呼大睡，任凭蚊虫叮咬也毫不知情，而年迈多病的外婆是怎样遭受那样的煎熬，我至今连想都不敢想。

母亲是患脑出血撒手人寰的，尽管父亲倾其所有、砸锅卖铁为母亲治病，还是没能把母亲从死亡线上拉回来。那一年，医院的医生们都去参加运动了，母亲送到医院后无人抢救，从一个青春残留的女人变成了瘫痪病人。第二次发病，刚满五十岁的母亲就匆匆走到了人生尽头。

我在大理一个建筑工地上得知了母亲去世的消息，邮电局打通了工地的手摇电话，让人从挑沙拌泥的小工队伍里找到我，说有急事找我。我脱下沾满泥浆的手套，刚拿起电话筒，就听见话筒那边传来一阵急匆匆的声音。

"你母亲不在了。"电话那边说，"你们家发了一封电报来，只有七个字：母亲病故，特告知。"

我呆呆地站立着，一句话也说不出来，我不知道要表达什么，宣泄什么，我完全麻木了。

"喂，喂喂！你在没在听？要不要我再念一遍？电报马上就送出，明天你就能收到！"我仍然没说一句话，木然地站在原地。

电话那边急了，又大声重复了一遍七个字的电文，我感到被一把刀子扎进了胸膛，只顾把话筒扔到桌子上，独自浑浑噩噩回到了集体宿舍，趴在宿舍的地铺上，放肆地痛哭了一场。那是我这辈子最伤心的痛哭。

奔丧为时已晚，等我请假、买票并坐了两天汽车回到家时，父亲已处理完母亲的丧事。一丘田六号小院面貌依然，阴冷、潮湿、灰暗，但打扫得干干净净，唯一不同的是，母亲居住的那间小屋变得空空荡荡，而父亲常用的那个柜子上，多了一个纱布覆盖的骨灰盒。

　　父亲留起了胡须，仿佛一夜之间老了二十岁。我没有安慰父亲，也不懂得怎么安慰，我实在找不出安慰和开导的话题。那时我姐姐已经成家，孩子还小，我哥去了一个文艺宣传队，成天四处奔忙，弟弟下乡到了边境农村，我又在外地打工，母亲的后事大都由父亲料理。父亲没有抱怨，也没有诉苦，他不善交流，他把一切痛苦全都藏在心里，什么事都一个人扛。父亲深知，他是一丘田六号的脊梁，他要是倒下了，这个家也就散了。那几天，小院山墙上自生自灭的几盆兰花正含苞欲放，父亲特意备了一根竹竿，把一个茶缸绑在竹竿上当水瓢，每天为山墙上的兰花浇水。我知道，那是父亲在为他的儿女营造最后的家庭温馨，只要父亲在，兰花就不会枯萎。

　　失去母亲后，父亲很孤独，与他做伴的是唐诗宋词。父亲忙完家务后，常常独自一人咏诵几句诗词。声音缓慢、颤抖，充满了伤感和惆怅："东风夜放花千树，更吹落，星如雨……众里寻他千百度，蓦然回首，那人却在灯火阑珊处。"辛弃疾的《青玉案·元夕》是父亲常念的一首，我想，那一定是父亲在倾诉对母亲的思念。

　　父亲经常咏诵的还有李煜的《虞美人》。入夜，我在小阁楼上辗转难眠，总是听见楼道里断断续续飘来父亲低沉的声音："春花秋月何时了？往事知多少。小楼昨夜又东风，故国不堪回首月明中……问君能有几多愁？恰似一江春水向东流。"好几次了，听到父亲低沉、缠绵的咏诵声，我心如针刺，便用被子捂住脸，躲在暗处伤心落泪。

我不知道父亲是在什么意志力的支撑下挺过来的。贫困、苦力、疾病和亲人早逝的折磨，都没有击垮性格坚毅的父亲。遗憾的是，当国运有了转机，我们姐弟四人开始工作挣钱，积劳成疾的父亲却不声不响告别了冷暖犹存的世界，告别了倾注他一生心血但已然变得摇摇欲坠的一丘田六号。

父亲是因肺气肿去世的，晚年，他在四壁透风的小楼里不断遭受着冬季寒冷的折磨，常常通宵咳嗽不止。我深信，如果那时有一间不透风的小屋，有一个取暖器，父亲一定还能多活几年。但这一切条件全都变为现实时，他老人家早已匆匆走了。记得父亲在医院病床上对我说的最后一句话是：我想吃一个高庄馒头。

高庄馒头是山东沂水县高庄镇的传统面点，在昆明市中心的晓东街有一个店铺可以买到，我的爱人——他的儿媳匆匆骑自行车赶去买了两个送到医院，父亲大约吃了半个。那是他最后的晚餐。

风烛残年的一丘田六号成了危房，我们姐弟依依不舍先后搬出了行将倒塌的小院，或租房，或借住，或投靠单位，各自悄悄带走了这里残存的幸福和忧伤。后来，一家有钱人买下了一丘田六号，推倒土坯墙，运走破砖废瓦，在原地建起了一幢新房。

很久很久了，每当我路过翠湖周边，总要去看一看一丘田六号那个老地方，用今天的心情去重温一下往日的辛酸。很奇怪，新房是什么模样我一点也记不清楚，映入眼帘和潜入心中的，依然是土墙斑驳、青瓦残缺、石板路、墙角草、仙人掌、野蛐蛐……

我至今仍不可思议，从屋顶漏雨、四壁透风、看书写字时连眼睛都熏得睁不开的这个贫民窟里，竟然走出了我这个大学生和高级记者。但我深信，这一切定与父亲苦中作乐吟诵唐诗宋词有关。

爱，丢失
在大连

爱上一个地方容易，忘掉一个地方更容易。但大连是个例外。

——题记

印　象

织锦般的草坪在飞奔，隔着车窗玻璃，我也能从折射的阳光中感受到它的柔软和弹性；法国梧桐把一片片几何形花园呼啦啦拽到身后，如同擦肩而过的丽人转瞬消逝，留下一连串看不够、剪不断的朦胧美。

三色信号灯闪闪停停，变幻的红黄绿在斑马线上发号施令，制造着车流与人流穿梭、静止的交替轮回。高楼、玻璃墙幕、巨幅广告牌扑面而来，别墅若隐若现于建筑海洋中，好似黄海涨潮时行将淹没的小岛。

鳞次栉比的商店橱窗炫耀着诱人的华美，人流如潮的街市上，裙装与牛仔服进行着时尚与性感的比拼。抢眼撩人的还有不断流淌的黑色瀑布，那是年轻女性迎风飘逸的长发……

汽车在濒临海岸线的马路上疾驰，眼花缭乱之中，凝固的信息与流动的信息轮番爆炸，脑海中溅起一朵又一朵思绪的浪花，犹如无尽的海浪撞击并一次次淹没着裸露的礁石。我努力克制着排山倒海而来的审美疲劳，满怀好奇地寻觅着尖顶、廊柱、雕塑和石头墙构成的日俄时代建筑，试图在充满流行元素的建筑海洋中辨认出那些记录辽东半岛历史沧桑的、日渐灰暗但却魅力无限的传统美学身影。

　　这就是我日思梦盼的大连吗？美丽、年轻而又风韵无限的大连，她足以倾倒未曾在海滨城市居住过的任何一个人。但奇怪的是，眼前的美丽并没有让我惊叹，第一次踏上大连土地的我居然有一种回家的感觉，海湾、岛屿、街景、建筑、人的衣着甚至口音，都与梦中的场景相差无几。我分明感到自己不是初到大连，而是一个少小离家的游子，在经历了数不清的磨难和酸甜苦辣后，终于"回到"了大连的怀抱。

　　这感受实在是太奇妙了，奇妙得简直有些让人不可思议！大连在一瞬间倾其所有赐予我的，竟成了似曾相识的回忆，仿佛很久很久以前，我在这里曾经遇到过什么，留下过什么，甚至经历过一段难忘的、刻骨铭心的故事。

　　这一切来得有些猝不及防，然而仔细想想，所有这些真实的、不可思议的感受又全在情理之中。二十世纪末，我曾在与大连隔海相望的胶东半岛居住生活了六年，烟台、威海、青岛……我奔波往返的几座海滨城市，地形地貌和城市布局与梦中的大连如出一辙：曲曲弯弯的海岸线，满目葱茏的植被，蜿蜒起伏的丘陵，绿荫环抱的老别墅，深入海湾的半岛，嶙峋怪异的礁石，逐浪欢舞的海鸥，碧波荡漾的海水浴场，以及消失在海天尽头的岛屿，连同远方的流云和略带海腥味儿的温馨海风，一切都与胶东半岛别无两样。有了这些如同电视画面般刻录在大脑深处的记忆芯片储存，剩下的那些地域环境、人文环境造成的细节差异，此刻已变得无关紧要了。

大连，是我风姿绰约的邻家女。

友　人

夕阳西下，薄雾缥缈。汽车抵达辽东半岛南端时，是下午五点左右，大连的山山水水无不笼罩在纱雾如金的一片迷蒙之中。

别样风情像一味兴奋剂，刺激着我的神经，车刚停稳，满负行囊的我顾不上歇息，就急不可待准备到海滨观看久违的海上日落。凭借过去多年在海边居住的经验，这时瞟一眼天象我就能判断出，晴朗加薄雾，一定能制造出巨大的太阳火球从天空坠入海心的绮丽景象，伴随而来的还有赶海人赤脚戏水的沙滩剪影，海鸥盘旋追逐红色波光的生命灵动，起锚远航驶向太阳的神秘巨轮……这一切如同交响乐奏鸣的形象诱惑，对于内陆人来说绝对是千载难逢的机遇，远道而来的我更不应该轻易错过。沉迷在想象之中，我的耳际竟然轻轻响起了提琴、黑管和法国号悠扬的旋律，间或还有小号和长号宣言式的高亢音符在心海的辽阔世界里升腾。

　　然而，一道人文风景的出现打乱了我的计划：一位游居外地多年的老友回到了故乡大连，听说我突然造访，他欣然赶到酒店探望。依依人情恰此时，别愁离绪霎时点燃起浓浓的重逢渴望，暂时挤走了心中惦念的海滨落日情缘。

　　十五年前，我客居胶东半岛，曾在大连工作的这位记者老友，多次邀我跨越近在咫尺的渤海海峡，到辽东半岛观光做客，我却因忙于公务一直未能成行。后来我调离胶东，远赴云南边疆谋职，而老友先后奉调华北与东北，数年后又辗转到我曾经工作过的山东任职，两人阴差阳错，天各一方，从此再未相聚。十五年后的今天，我终于圆梦成行，从远在横断山南麓的红土高原踏上了朝思暮想的大连土地。海天依旧，友情依旧，而当年踌躇满志的老友已白发依稀，带着一颗疲惫的游子之心告老还乡。想到光阴似箭，往事如烟，青春一去不返，我们两人百感交集，久久相视无言，沉浸在追忆那些激情燃烧岁月的幸福与无奈之间。

　　那一夜，伴着高脚杯里盛满的红色液体，我们尽情品味十五年的酸甜苦辣和风雨飘摇，品味金子般的光阴酿造的真情美酒。散席时分，大连已是满城星光灿烂。在醉人的夜色中，老友陪伴我来到星海广场，沐浴着温馨的海风，漫步在雕塑和绿荫交错的道路上。老友如数家珍地向我介绍具有代表性的大连美景，一五一十诉说着它们的来历。他的声音不大，嗓音沙哑，但话语却激情四射，深沉而煽情，以致在月色灯影下，我都能看见他的眼神里充满对故乡大连的挚爱真情。

　　老友对大连的感情是出了名的，二十世纪八十年代初，刚从大学毕业的他被分配到北京一家国家机关工作，当无数人对他投去羡慕眼光的时候，他却悄悄申请调离首都，回到了大连老家；后来因工作业绩突出，人才难得，上级又先后把他派往内蒙古和吉林领衔一方工作。但无论身居何地，游居何方，都没有改变他对故乡大连的纯真恋情，半辈子归去来兮，他最终还是选择了回大连定居。此时我与漂泊半生的老友做伴，领略着风情万种的大连海湾夜色，聆听着一个故乡赤子饱含深情的娓娓诉说，我不禁想，老友闯荡天下，见多识广，却一次次放弃了选择其他居住地安家的机会，回归大连痴情不改，这个平凡故事的背后，一定深藏着无数人向往大连、眷恋大连的人间哲理。

一股无形的力量促使我更加投入、更加专注地留意大连、观察大连，用心发现大连无处不在的美。五月的大连海湾波光如绸，月色如玉，海上星星点点的船灯和岸上流动的车灯交相辉映，使深蓝色的港湾显得辽阔而邈远；奔流入海的河道上，街市霓虹灯倒映在水中，反射出片片炫目的七彩光斑；广场华表在月光照耀下勾勒出银色的轮廓，座座雕塑凌空比翼，在充满动感的节奏中尽显穿越时空的神秘。远处，探照灯剪断重重雾幔，在深邃的夜空划出道道白色线条；星辰之间，黑暗中的摩天大楼和高耸的塔吊若隐若现，无声地昭示着这座花园港城未来的繁华与辉煌。置身于美丽的大连海湾，尽情在婆娑夜色中享受潜入心底的宁静与甜美，我感到超凡脱俗的轻松和快乐袭遍了全身。

海 天

错过了观赏海滨落日的机会，我把海之恋的兴奋点转移到了拍摄黄海日出上，伴随梦中的朝霞和海天尽头的初升太阳度过了朦朦胧胧的一夜。清晨拉开窗帘，透进房舍的却是满眼雾气，昨日清丽俊俏的大连，被羞羞答答蒙上了一围灰蓝色的纱巾。就像梦中情人可遇而不可求，此刻的海上日出与昨天的日落幻境一样，顷刻间化为了一个美丽而烂漫的奢望。

无边无际的雾，变幻无穷的雾，弥漫在大连的海天，远远近近的高楼、广场、车流和山峦如同莫奈的印象画，透露着神秘的朦胧美。站在滨海路迂回曲折的岸线上眺望，黄海海面雾气升腾，波澜不惊，百米开外，云天与大海的轮廓被无形的大雾揉碎，搅拌在一片混沌之中，让人分不清东南西北。浓浓的雾气夹带着看不见的雾珠水滴从海上飘移到半岛上空，滋润着大连绿荫环抱的街市和匆匆行人的脸庞，湿漉漉的呼吸在行道树下穿行。柔软的、温情的、模糊的世界，使人变得慵懒和放松，激情被悄悄藏到了心灵港湾的深处。

雾中的大连是一首朦胧诗，读起来很费劲，但又让人舍不得放弃。海之韵、棒槌岛、老虎滩、金沙滩……驱车沿海岸线跑了数十公里，浓浓的雾霭始终飘飘摇摇笼罩在海面，缠绕在天空，唯有半岛近处的鲜花绿树透露出些许大连真实的容颜。

穿过烟雨依稀的游雾，登上白玉山观景台，凭栏远眺旅顺口军港迷蒙的外海，我的心被挥之不去的铅色雾状笼罩和包围，忽然变得沉重起来。波浪翻滚的海面上，仿佛响起了隆隆的炮声，一时间火光四射，杀声震天，一排炮舰燃着滚滚浓烟在浪中倾覆……那是一百年前沙俄海军与日本舰队交战场面的幻影。两个帝国列强不在自己的领土开战，也不在公海交火，却跑到中国领海和美丽的大连攻城略地、厮杀争雄，把个满目苍翠的大连老铁山、东鸡冠山和二〇三高地炸得山崩地裂、千疮百孔，强盗的火拼和受害者的沉默真是匪夷所思！

"看，潜艇！" 同伴的呼喊唤醒了我的沉思。顺着大连友人手指的方向看去，一艘细长的黑色潜艇从旅顺港的海面上冒出来，在静静的港湾缓缓前行，灰蓝色的水面被划出一道长长的白色弧线。友人告诉我，这是难得一见的景观，因为说不准这就是令西方人谈虎色变的核潜艇。

潜艇自由地、潇洒地、威风凛凛地游弋着，身后的白色弧线越拉越长，像一条巨蟒在雾海中拖着一串美丽的尾巴。环顾寂静的军港，欣赏着神秘战舰的雄姿，我的耳际轻轻响起了那首久违老歌的熟悉旋律——

> 军港之夜啊静悄悄，
> 海风把战舰轻轻地摇，
> 年轻的水兵，头枕着波涛，
> 睡梦中露出甜美的微笑……

我知道，大连的甜美微笑始于公元一九四五年八月十五日。那一天，战败的日本向中国缴械投降，大连重回母亲的怀抱。曾经做过噩梦，如今大连的微笑显得格外灿烂。

惜　别

雾霭飘散的时候，也是我即将赶赴机场离开大连的时候。站在绿荫环抱的童牛岭观景台上，我恋恋不舍向美丽而神秘的大连道别。这时，躲藏在云雾深处的太阳终于穿透灰蓝色的雾幔，把片片金色的余晖慷慨地涂抹在大连开发区高低错落的建筑群上，一个明丽、蓬勃和色彩缤纷的大连呈现在我面前。

相见时难别亦难，最后看一眼大连，我才发现晴天丽日下的这个北方岛城如此欣欣向荣、靓丽多情、色彩缤纷。山峦之上，飞碟似的瞭望塔在空中盘旋，绿树红花从我的脚下向四野延伸，铺展开一幅幅悦目的五彩画屏；山腰迂回处，苍翠的松柏掩映着发光的公路，仿佛宇宙的巨手造就出一处处奇特雕塑；汽车在公路上穿梭，如同沙盘上移动的电动玩具；极目远眺，蔚蓝色的大海碧波荡漾，无数渔船停泊在海湾水域，就像点点繁星闪耀在深邃的蓝天；绿树和海岸之间，拔地而起的高楼鳞次栉比，在错落明快的线条间尽显都市建筑的节奏和韵律。高楼后面是隐约可见的海港，轮船成排的码头上，吊车向空中伸出一只只钢铁巨臂，剪断了朦胧的游云……忽然之间，一声笛鸣盖过城市的喧哗，由远而近从天边传来，原以为是巨轮启航，仔细一看，却原来是轻轨列车从绿树高楼间疾驰而过。

大连是风情画，大连是历史书，大连是一个讲不完、听不够的故事。爱上大连，却要匆匆告别大连，这真是永恒的美丽和动人的遗憾。大连，大连，一见钟情的大连，此去何时见，难舍十年情！

时钟像命运之神催人前行，依依惜别时，一步一回头，脚已挪动，车已飞驰，我的视线却久久停留在童牛岭的观景台上。

终于，一望无际的灰白色跑道代替了五光十色的城市风景，飞机像一只银色的巨鸟，呼啸着腾空而起，飞向渤海上空，飞向棉花般柔软的云层，飞向遥远的首都北京。迷离的视线穿云破雾，搜寻着大连海湾最后的轮廓。闭上眼睛，满脑子尽是大连街市的幻影：红色的建筑尖顶，郁郁葱葱的法国梧桐，迷宫般的城市立交，川流不息的匆匆人群，碧浪拍岸的连绵海湾，凌空起舞的不锈钢雕塑，身着裙装的匆匆丽人，拍打翅膀欢舞翱翔的白鸽……

穿过厚重的云层，飞机已远离辽东半岛。此刻我深知，我的身躯虽然离开了大连，而我的心，却丢失在了大连。

滇池的呜咽

　　我听见滇池在哭，呜呜……呜呜……哭得非常伤心，每天从早到晚都如此，谁劝也没有用。

　　面向海埂的窗户虚掩着，我清楚地听到不远处滇池的哭声。她伤心地抽泣着，哽咽着，凄苦的声音声声入耳，令人怜悯而揪心。哭声摇曳着树枝，撼动了花草，拍打着门窗，卷起一阵又一阵呜呜作响的声浪，就像孟姜女哭长城，睡美人般的西山都要被她哭倒了。

　　记得我小时候，美丽的滇池回荡着笑声，她在明媚的阳光下梳妆打扮，快乐地、大方地、自信地向人们展示年轻、靓丽的容颜，春夏秋冬总是容光焕发。她天生丽质，心境纯洁透明，从不矫揉造作，对游人热情相拥，无时不让人感到心旷神怡。特别是在夏天，倾情于她的人们从四面八方汇集到她身边，与她共度温馨烂漫的时光。人们忘情地躺在她的怀抱里，用干枯的嘴唇热烈地亲吻她，尽情享受她的爱抚，体味她的温情，放飞美丽的梦想。那时，滇池和爱她的人们相敬如宾，相依为命，生活在无比的快乐和幸福中，陶醉在瑰丽的梦想里，世界充满了和谐。

　　后来，许多爱她的人都离她远去了，有人捂着鼻子，有人躲得远远的，根本不想见她；有人无休无止地责备她、羞辱她，一面还向她泼脏水，这真是伤透了她的心。滇池得了病，这不是她的错，她是被传染的。遭遇突如其来的病菌，她无辜而又无奈，想尽办法摆脱却无能为力。她完全是一个受害者。可悲的是，肆意侮辱她、糟蹋她的人，最后又残酷地把她抛弃了，滇池太可怜了！

呜呜……呜呜……滇池伤心地哭啊哭，哭啊哭，为失去了的青春和美丽，为难以治愈的病痛，为糟蹋她、侮辱她、虐待她的残酷行为，为自己遭遇的不幸命运。

飞驰的汽车开着窗玻璃，我听到滇池的哭声又一次传来。悲切的、凄苦的声音越来越大，越来越响，让人感觉到压抑已久的内心痛苦宣泄出来时的感天动地力量。哭声掀起的无形波峰不断扫荡着原野，撞击着房舍，撼动着山谷，晴天丽日都被吓跑了。哭声中，尘埃起了，树枝斜了，树叶落了，残叶纸片漫天飞舞，飞鸟也停歇到了看不见的地方。

呜呜……呜呜……滇池那止不住的、撕心裂肺的哭声像一部催人泪下的悲剧，感染了苍天，感染了大地，苍天禁不住抽泣，大地伤心地抖动，整个世界为之动容。夏秋时节，苍天如泉喷涌的泪水铺天盖地降临，与滇池的眼泪汇集在一起，淹没了昆明低洼的大街小巷。

关心滇池的人们一次次为她请来医生，医生都说病情太重，很难治好，甚至有人说她得了癌症，等待她的只有死路一条。滇池几乎绝望了，除了哽咽，就是沉默，一切她都无所谓了。见惯了奢华世界的冷漠，从面容到心灵深处她都变了，彻底地变了。

滇池对未来不抱希望，但许多人至今没有忘记她曾经拥有的清纯和美丽，没有忘记她带给春城的无限风光，带给这个世界的快乐和幸福。她那靓丽的、容光焕发的美好形象，至今仍留存在人们的记忆里，任凭岁月的无情磨损也不会轻易抹去。是的，无数的好心人一直惦念着滇池，从不放弃对她的救治，他们相信总有办法能治好滇池的病。人们常常看望她，关怀她，帮助她，为她四处奔走，寻医问药，希望不懈的努力总有一天会感动上苍，让病魔早日离开她的肌体，让充满生命力的青春回归她年轻、纯洁、真诚的世界。

寒冬来临，滇池经受着病痛和寂寞的双重折磨，她伤心地哭泣过后，静静地沉睡过去了。这时，一群清洁工不声不响来到她的身边，悄悄为她擦去脸上的污垢，细心地、充满怜爱地为她梳理凌乱的长发，整理脏乱的衣襟。数不清的红嘴鸥从遥远的天边飞来，义无反顾地投入了滇池的怀抱。

滇池做了一个梦，梦见她完全康复了，明媚的阳光照耀着她清纯、靓丽和充满羞涩的脸庞，无数人争先恐后地亲吻她、拥抱她，向她献花，与她合影……滇池纯洁的心灵世界重又回荡起了欢声笑语。

谢天谢地，但愿滇池明天不再呜咽。

清碧溪的
前世今生

一道溪水，一条玉带，是我的相思带。三十多年间两度探访清碧溪，看了她的今生，又忆起了她的前世。

雄奇险峻的大理苍山，以十九峰和十八溪闻名天下，直插云天的十九峰终年积雪，风光无限；天河般坠落的十八溪跌宕起伏，撒野欢歌。十九峰有如十九位仙女，在云天下比肩而坐，面对洱海明镜梳妆打扮。而蜿蜒奔流的十八溪，恰似仙女们衣襟上飘飞的玉带，迎风飞舞，飘飘欲仙。

十八溪最诱人的风景是清碧溪，我的第一次探访，距今已有三十多年，宛若隔世般遥远。

诱 惑

说来惭愧，二十世纪七十年代，我曾在苍山之麓、洱海之滨的大理生活过六年，居然被交通和懒惰阻隔，错过了亲近清碧溪的机会，直到离开大理的那一天，我才幡然醒悟，美景亦如佳人，你若不珍惜，她就擦肩而过，变成梦中情人了。于是相思复相思，想寻觅年轻时错过的清碧溪。

转眼到了一九八一年，正在读大三的我，到省图书馆查阅资料，偶然间读到明代状元杨慎和白族文人李元阳赞美清碧溪的美文佳句，多年的相思病重又被勾起，于是当即决定：利用暑假专程前往大理，了却探访清碧溪的夙愿。

直击我心灵的，是杨慎所著《游点苍山记》中的一段描述："西南有一溪，叠锷承流，水色莹澈，其中石子粼粼，清碧璀璨，宛如宝玉之丽，其名曰清碧溪。"李元阳的《清溪三潭记》更加煽情："源出山下石间，涌沸为潭，深丈许，明莹不可藏针。小石布底累累，如卵如珠，青绿白黑，丽于宝石，错如霞绮。……余每至溪上，谷纹壁影印心染神。虽出溪，而幽光在目，樵唱在耳，累月不能忘。"读罢这些文字，我为客居大理六年却未去探访清碧溪后悔不迭，暑期刚至，便迫不及待踏上旅程，直奔清碧溪而去。

八月，正是云南最爽心的时节，内地暑热难当，滇西高原却天高云淡，秋风习习。我从昆明搭乘长途班车沿颠簸的山路前行，一路竟无心留恋崇山峻岭间的苍松翠柏、云雾野花，闭目养神之间，满眼是清碧溪的千仞绝壁，满耳萦绕着清碧溪潺潺的水声，以至夜宿大理，昏睡间一袭美梦，仍是清碧溪汩汩清流的幻影。次日一大早，便迫不及待与友人结伴，踏上了寻幽探险之路。

清碧溪，是苍山十九峰中马龙峰和圣应峰夹峙的溪涧，两峰支脉蜿蜒东下，形成了险峻雄奇的苍山大峡谷，清碧溪顺跌宕起伏的地势奔流其间，从海拔两千六百多米的半山腰撒野狂泻而下，穿过巨石横亘的深涧，盘山绕岭一路东流，直扑碧波荡漾的洱海。那时交通闭塞，道路崎岖，前往清碧溪全靠步行。当天我们起了个大早，带上些干粮、啤酒和卤菜，取道大理古城附近的七里桥乡，沿清碧溪河谷溯流而上，徒步向云雾深处的溪流源头进发。久违的大理清风，又轻抚着我的脸颊，悦目的田园风光，催促我的老式回力球鞋迈开了轻快的脚步。

进　山

山道弯弯，乱石遍野，树枝、木棍权当拐杖，两个自称现代徐霞客的年轻人卷起裤脚，沿曲曲弯弯的羊肠小道向苍山挺进，陪伴我们的是沙石、野草、灌木和虎视眈眈的野狗。愉悦的行程是一副兴奋剂，顿时把人拽回到无拘无束的少年，我不时对着旷野大声呼喊，聆听远方的回声，让探险者的豪气直冲脑门，渗透进身体的每一个细胞。

溯流而上，清碧溪一步一景，大理原野被我们贪婪地揽入怀中。

从洱海之滨到苍山脚下是个巨大的斜坡，十八条溪流纵贯其间，有如大地的血管在奔流。清碧溪的中下游落差不大，河道宽二三十米，时逢多日未降大雨，上游不来山洪，溪水只占据了三分之一河道，其余部分是裸露的河床，千百年冲击而下的乱石尸横遍野，记录着暴雨洪荒肆虐的威猛与残酷，泥石追逐的隆隆巨响犹存耳边。而乱石丛中冒出的点点新绿，以及石缝中顽强生长的野花，又静静地昭示着生命的轮回，昭示着自然万物的生生不息。手持自制的拐杖前行，我们回望昔日山洪制造的邈远神奇，感受峡谷深处吹来的徐徐山风，领略河堤边沁人心脾的花草芳香，贪婪地深呼吸，把都市里淤积的喧嚣与烦恼涤荡得干干净净。

继续前行，河谷陡然升高，苍山余脉像两只巨臂，左右夹击挡住了视线，大峡谷制造出了旷世的神秘与空寥。前方山高林密，飞鸟穿行，苍山峰巅耸入云霄，清碧溪水如玉帘，穿越雾气从半山腰跌落，钻过一堆巨石狂泻而下，响声震天动地。回头俯瞰身后，大理盆地已被踩在脚下，原野上阡陌纵横，稻穗翻波，碧蓝的洱海波光闪耀。远离尘世的宁静致远，享受着久违的秀美山川，我忽然感到电流穿心般震颤，浑身被一股又酸又甜的滋味撞击包围，陷入了莫名的感动。我想流泪，想呼喊，想倾诉，但又感到无人能理解和分享我的快乐，只能静静地陷入自我感动的甘甜与阵痛中，完全忘了时光的流逝，生命的彷徨。直到轰鸣的飞流声中传来一声呼喊，同伴已越过一道陡坡，消失在巨石后面，我才如梦初醒，拄起拐杖疾步追赶。

太阳遮蔽到峰峦树林后面，大汗淋漓的我开始感到丝丝凉意，人在峡谷深处，八月里又回到了春天。

激流狂泻的山路更难行了，我们吃力地向上攀登，爬巨石，跨水沟，越障碍，手脚并用接近峡谷深处，慌乱之中，我一脚踩在晃动的石块上，身体瞬间失去平衡，一个趔趄侧翻进了浅滩，吓得旅伴一声惊叫，所幸此处只是清碧溪的一个岔道，水流不急，我急忙翻身上岸，脱下衣服裤子拧干了水，重又湿漉漉贴身穿上，抖擞起精神重又踏上艰难的行程。

痕迹模糊的小路完全消失，更大的岩石迎面挡住去路，把我们围在一个乱石堆里，此刻若突发洪水，我和旅伴都将无法逃生，被激流和乱石撞得粉身碎骨。心脏咚咚咚狂跳着，孤军奋战已难寻出路，我们不得不相互搀扶、踩肩拉手攀缘，才翻过巨石阵，进入了一片新天地。回望身后，陡然收拢的两道山脊变成一道巨大的石门，把山里山外隔开，狂泻的溪水从石门下夺路狂奔，消失在脚下。头顶是千仞壁立的悬崖，寒气从遮天蔽日的树丛和藤蔓间袭来，再越过一道石坡，终于看到了两潭清澈的泉水，清碧溪源头已近在咫尺。

这是令人惊叹的瑶池，与世隔绝的仙境，悬崖峭壁包围的清泉，水如翡翠缓缓流动，五彩卵石似玛瑙清晰可见，在潭底闪耀着异彩。俯身泉边掬水一饮，哦，这哪是泉水，分明是玉液琼浆，甘甜滋味沁人心脾，我跪地大口畅饮，顿觉满腹清凉，一路疲劳已然全消。

享尽清泉滋润，忽然意识到两潭清泉并非清碧溪源头的终点，李元阳的《清溪三潭记》分明记载，清碧溪源头共有三潭，眼下只见两潭，还有一潭势必藏在峡谷深处。胜利在望，我们再度起身，绕过两潭清泉，沿一条曲折的石道向上冲刺。然而，眼前一条从天而降的瀑布，迎面挡住了去路，飞瀑两侧都是悬崖，我们完全傻了眼：如何才能飞到第三潭去呢？

探　险

　　路断道绝，天河汹涌。站在悬崖下仰望高处，呼啸的瀑布犹如一条摇头摆尾的巨龙，从千仞绝壁上飞扑而下，撞击着高耸的峭壁，天长日久，水柱把坚硬的岩石冲开了一道长长的石沟。飞瀑轰鸣，水花飞溅，峡谷震响，连苍山之峰也在摇撼。我正注目发呆，忽听高处一声叫唤："哇，刺激！" 抬头看，旅伴已紧贴石壁，从瀑布一侧攀到了半空。

　　那是一条陡峭而隐蔽的石道，宽约半米，临近瀑布的一半光滑如冰，紧贴岩壁的一侧布满了苔藓，当年徐霞客到清碧溪探险，就是从这里跌入水中，大难不死的。公元一六三九年，即明崇祯卯年，徐霞客曾在他的《滇游日记》中描述过这段经历："余独在潭上，觅路不得，遂蹑峰槽与水争道，为石滑足，与水俱下，倾注潭中，水及其项，亟跃而出……" 幸好徐霞客是在旱季三月摔下去的，如果换作雨季，苍山马龙峰和圣应峰的洪水顺大峡谷奔涌而下，与清碧溪的暗河汇集，形成汹涌澎湃的满瀑洪流，这位探险家早就葬身瀑布激流了。

　　先人敢于冒险攀登，吾辈当然不能退缩。我鼓足勇气踏上险道，屏住呼吸，如同壁虎般紧贴岩石向上移步，双手抠住崖缝或岩石的凸出部分，身体重心一半在手，一半在腿，稍有山风吹来就闭上双眼，紧贴石壁不敢动弹。几经歇息反复，憋出了一身大汗，我终于越过石道，追上同伴，登临到了瀑布顶端。

这是真正的清碧溪源头，直插云天的苍山山脉，如同被利刃削过一般，迎头阻断了去路，绝壁底下是一个偌大的天然石潭，一湾碧绿的清泉在潭中闪动着幽光，泉水表面静止不动，深处却流水淙淙。仔细一看，原来清泉与一个山洞相连，洞内隐藏着一条暗河，直通苍山深处，清碧溪水就是从幽深的暗河中缓缓流出的。

大自然的神秘真是难以想象，伫立在峡谷悬崖边，紧贴马龙峰和圣应峰裸露的胸脯，我饱览着眼前不可思议的奇观，心中感慨万千，五味杂陈，回想探险途中的难忘经历，我甚至佩服起自己来。其实中途可以找出一百个放弃的理由，但顽强的意志最终战胜了胆怯，促成我征服了清碧溪，了却了多年的夙愿。感谢徐弘祖徐霞客，没有他的探索和文字记录，我笃定不会步他的后尘，远赴苍山深处探险。徐霞客是开拓者，我和无数后辈充其量只是追随者。

眼观童话般的奇妙风景，耳听汩汩作响的暗河奏鸣，我们拿出随身携带的啤酒和卤菜，在清泉边席地而坐，享受征服者的快乐。这是我此生最美味、最爽心的一次野餐。

日暮归途，依依惜别清碧溪，忽然下起了大雨。由于没带雨具，我和友人在深山旷野中被浇成了"落汤鸡"。然而有了征服者的喜悦，雨中赏景倒成了一种难得的享受，那些洒落在我们身上的雨滴、雨丝和雨柱，顷刻间变成了专为我们送行的舒心洗礼。

飞　越

　　三十多年一晃而过，我做梦也没想到，遥远闭塞的大理竟成了闻名世界的旅游胜地，人迹罕至的清碧溪源头像一座金矿被发现，吸引八方游客蜂拥而至。经不住诱惑的我也重温旧梦，汇入了搭乘缆车飞越苍山大峡谷的人流。

　　又是一个秋日的下午，我携家人自驾车从昆明沿杭瑞高速西行，三个多小时就抵达了久违的大理。在州府所在地歇息一夜，清晨推开曙色朦胧的窗户，朝霞正映红大理的天空，高耸的苍山十九峰雄姿依旧，一条洁白的玉带云飘飘欲仙，缠绕在霞光熹微的半山腰；晨风吹起来，洱海之滨柳枝摇曳，微浪推舟。三十多年的轮回，我的心海又荡起了清波。

　　驱车来到当年徒步旅行的七里桥，一条新修的盘山公路把我们引领到古木苍天、绿荫环抱的感通庄园。这是借用南昭古刹感通寺冠名的一个度假山庄，园内楼台亭阁、牌坊楹联、曲径花草相映成趣，宾馆、饭店、茶室一应俱全，众多游客为了一览苍山雪、洱海月的绝佳美景，纷纷在此下榻，晨赏朝阳映雪，午听松涛拍浪，暮观日落月升，体验传说中神仙般超凡脱俗的生活。

　　怀着寻求体验的冲动，我们登上缆车，向云遮雾罩的清碧溪源头飞越而去。秋风拂面，白云飘飘，透明的空气中，大理的天空像清洗过的绸缎般艳丽，苍山十九峰宛若一排无边的浮雕，镌刻在深蓝色的天幕上；脚下的大理盆地酷似一个巨大的沙盘，在云丝游弋的天地间铺开；片片绿荫下，白墙灰瓦的村舍依稀可辨，崇圣寺三塔在阳光下金光闪闪，展示着远古的神秘和威严；光洁如镜的浩荡水域是洱海，山海跌宕的画面有如一部神话，洞开我无尽的想象空间。

凌空飞越是一次奢侈的美丽受赠，缆车在高悬的索道上滑行，金秋的灌木拉出一道道彩色线条，松林像长了翅膀呼啦啦飞向绿色原野，人在天空飞翔，心随山水律动，南诏的大理和今天的大理，慷慨地赐予我千年怀想和触电般的感悟，让我陶醉在时空交错、人生轮回的奇妙体验中。

风声停息，缆车落地，一条天河跃然眼前，清碧溪，是你吗？透过有些迷蒙的双眼，我仿佛看见三十多年前的我，身穿一条劳动布裤子和一件白汗衫，手握自制的拐杖，站立在清碧溪的泉边眺望，飞泻的瀑布旁，我的朋友正用一台老式胶片相机拍照，两个年轻的身影定格在青苔附着的岩石下。

双眼迷蒙起来，前世的清碧溪与今生的清碧溪携手向我走来。哦，清碧溪，我回来啦！现实真是不可思议，当年半天的行程，如今挥手工夫就已完成，天地间的美丽被浓缩到方寸之间，一如游客所感慨："金线串珍珠，送君直上三千米；云车登绝顶，放眼全收十九峰。"这就是时空穿越吗？寰宇浓缩，沧桑更迭，我的人生经历，瞬间化为酸甜苦辣交织的意识流，穿梭在记忆的长河里。

沿一座造型别致的铁索桥前行，跨过苍山大峡谷的深壑，清碧溪源头再现眼前。当年布满苔藓的石壁小道，被一级级人工铺就的石梯取代，我们如履平地就已贴近清碧溪的泉水。再沿石级攀登，即可直达苍山之巅的新景点，徐霞客的记忆连同我三十多年前的体验，统统已灰飞烟灭。

　　凝望飞瀑流泉，任由逝去的"恰同学少年"岁月回闪穿行，我的心情融入了奔流不息的清碧溪水，飞溅的水花轮番撞击着大脑的闸门。清碧溪啊清碧溪，你造就了现代繁华，却泯灭了原生态的纯净；你带给人们便捷的愉悦，却丢失了探险的刺激；你荟萃了浓缩的美景，却抛弃了发现的神秘。天地如此，世事如此，人生何不如此？逝去的都是美好的，被毁灭的都是有价值的，而悲伤都是抹不去的，快乐都是转瞬即逝的。因为时间无法再现，美好不会停留，青春已不复存在。

　　瀑布飞悬，游人穿梭，清洌的清碧溪水，流走的是我半生的韶华……